Nebelschlucht
Hufschmied
Schleichweg
Hafer-
laden
Tierarzt
Ennimell
Möhrencafé
Hufeisensee
Flüster-
insel

2. Auflage 2021
Deutsche Erstausgabe

Dieses Werk wurde durch die Literaturagentur Beate Riess vermittelt
Umschlag und Innenillustrationen von Larisa Lauber
Satz: GGP Media GmbH, Pößneck
Druck und Bindung: Livonia Print, Riga
Printed in Latvia · ISBN 978-3-7488-0021-7

www.dragonfly-verlag.de
Facebook: facebook.de/dragonflyverlag
Instagram: @dragonflyverlag

Klimaneutral
Druckprodukt
ClimatePartner.com/15109-2009-1001

MIX
Papier aus verantwortungsvollen Quellen
FSC® C002795

Ellie Mattes

Ponyschule Trippelwick

Ein Einhorn spricht nicht mit jedem!
(Band 2)

Mit Bildern von Larisa Lauber

DRAGONFLY

Ellie Mattes wuchs zwischen Pferden und Ponys auf. Später kamen noch zwei entzückende Esel hinzu – nur auf Zebras und Einhörner muss sie bis heute verzichten. Ansonsten braucht sie nur zum Fenster hinauszublicken, um in die bunte Welt von Trippelwick einzutauchen. Mit ihrer Familie lebt sie in einem Häuschen mitten im Wald, und dort geht es ziemlich ponytastisch zu.

Larisa Lauber hat Design studiert und dann festgestellt, dass sie unbedingt zeichnen möchte. Sie hatte das große Glück, in einem Trickfilmstudio mitarbeiten zu können, dabei entdeckte sie ihre Liebe zur Animation. Nachdem sie viele Jahre für Trickfilme gezeichnet hatte, wollte sie etwas Neues ausprobieren und begann, Kinderbücher zu illustrieren.

Es gibt einen Ort,
nicht hier und nicht dort,
er liegt zwischen Bäumen,
versteckt wie in Träumen,
der schönste Platz der Erde,
für Menschen und Pferde,
und die restliche Schar,
wie Ponys, Esel und Zebras, oh ja!
Sie gehen dort alle durch dünn und dick,
komm auch du mit nach Trippelwick!

Inhalt

Hier spricht Henry

KRMKS!

Ein seltsames Knuspern wabert in der Dunkelheit durch die Stille. Annie kichert und rückt das lose Brett ihres Nachtkästchens beiseite. In der Wand dahinter kommt ein Loch zum Vorschein. Darin steckt ein Trichter. Jetzt wird das Knuspern noch lauter. *KRMKS! SCHLMM! MHM! BRRR!*

„Feiert ihr heimlich eine Party?“, fragt Annie in das Sprachrohr.

Das Knuspern verstummt. Nun ist ein Schnauben zu hören, bevor ihr eine sehr vertraute Stimme entgegenweht: „Hallo Annie, bist du das? Hier spricht Henry! Sag bloß, du bist noch wach?“

„Du ja auch“, sagt sie und kuschelt sich zurück in ihr Bett. So kann sie gemütlich in den Federn liegen, während sie durch das Ponytelefon mit Henry quatscht.

Ja, Ponyehrenwort! Am anderen Ende ist tatsächlich ein Pony dran. Sogar ein ganz besonderes! Es ist Annies Gefährtenpony Henry. Sein Fell ist schwarz, und er hat eine silberne Mähne. Auf seiner Stirn ist ein weißer Stern, und er hat die liebsten Augen der Welt. Henry ist ein Schokolade-Palomino. Und Annie ist eine Ponyflüsterin. Sie hat die Gabe, mit Ponys und Pferden zu sprechen – und mit allen anderen Tieren, die vier Hufe haben.

„Kannst du wieder mal nicht schlafen?“, fragt Henry.

„Sieht so aus“, seufzt sie und blinzelt zu ihren Freundinnen, die mit ihr im türkisen Turmzimmer der Villa Trippelwick wohnen und längst pennen.

Frida hat sich wie ein Koala in ihre Decke eingedreht.

Tille liegt quer im Bett, ihr rechter Fuß baumelt heraus.

Und Dana schnarcht wie immer vor sich hin, auch wenn sie das niemals zugeben würde.

Im Internat der Ponyschule Trippelwick ist Ruhe eingekehrt. Alle Schüler schlafen, und eigentlich sollte auch Annie das tun. Wäre sie bloß nicht so eine Nachteule! Wie gut, dass es ihrem Henry genauso geht! Und dass sie das Ponytelefon haben! So können sie immer miteinander quatschen, wenn ihnen danach ist.

Die anderen Ponytelefone im Internat wurden längst abgeschafft. Nur dieses eine existiert noch, und Annie ist heilfroh, dass es sich ausgerechnet hinter ihrem Bett befindet. Denn seit sie erfahren hat, dass sie eine besondere Gabe besitzt und deshalb auf die hochgeheime Ponyschule Trippelwick gehen darf, ist Henry ihr allerbester Freund

geworden. Mehr noch: Er ist ihr Gefährte. Mit ihm verbringt sie die gesamte Schulzeit. Und mit ihm lernt sie alles, was man als Ponyflüsterin wissen muss – und das ist eine ganze Menge!

„Fliederfloh hatte mal wieder Kohldampf. Er hat sich ein paar Pupslis von Professor Zen geholt", erzählt Henry.

Im Hintergrund hört Annie wieder das Knuspern, und jetzt begreift sie auch, von wem das kommt. Tilles Gefährtenpony Fliederfloh schmatzt fröhlich vor sich hin.

Und auch andere Ponys sind offenbar hellwach.

„Annie, du solltest nicht immer am Telefon hängen", sagt Mirrora streng. Sie ist Danas Gefährtenpony und sehr ehrgeizig. Dadurch wirkt sie manchmal etwas zickig. Aber sonst ist sie ganz lieb, wie alle Ponys und Pferde in Trippelwick. „Morgen steht eine Doppelstunde Reiten auf dem Stundenplan. Madam Balleria will uns eine neue Lektion beibringen. Das wird bestimmt anstrengend. Ich hoffe, Dana schläft längst?"

„Das hört man doch", quiekt Fliederfloh von hinten. „Sie sägt ja wie ein Rüsseltier!"

„Zumindest ist sie danach ausgeschlafen“, grummelt Mirrora eingeschnappt.

„Annie!“, wiehert Sturmtanz, Fridas Gefährtenpony, hektisch dazwischen. „Wie gut, dass du noch wach bist! Kannst du Frida ausrichten, dass sie morgen das neue Halfter in den Stall mitbringen soll?! Das alte drückt mich an den Ohren, das macht mich ganz nervös.“

„Klar, ich sag's ihr!“, verspricht Annie und gähnt.

„Seht ihr“, schnaubt Henry zufrieden. „Jetzt ist meine Annie auch müde. So ein bisschen quatschen am Abend ist gar nicht so übel.“

„Finde ich auch“, flüstert Annie.

Wie schön es ist, dass Henry sie so gut versteht! Sie schließt die Augen und kuschelt sich noch tiefer in ihre Bettdecke. Noch immer ist sie überrascht, dass ausgerechnet das schönste und liebste Pony aller Zeiten sie als Gefährtin haben wollte. Als Annie nämlich nach Trippelwick kam, konnte sie noch gar nicht reiten. Zum Glück hat sie das in der Zwischenzeit gelernt. Mit Henry fällt es ihr sogar richtig leicht. Sie beide sind eben füreinander bestimmt.

Durch das Ponytelefon dringen die herrlichsten Geräusche ganz nah an ihr Ohr. Schnauben und Wiehern. Das Rascheln von Stroh. Knuspern und Kauen. Es ist beinahe so, als würde Annie selbst im Ponystall schlafen. Ganz nah bei Henry, während sein warmer Atem in ihrem Nacken kitzelt …

„DU-U?" Fliederflohs Stimme kräht laut durch das Sprachrohr. „Schläfst du schon?"

„Jetzt nicht mehr", stöhnt Annie schlaftrunken und streift sich ihre Ringellocken aus dem Gesicht. „Was ist denn noch?"

„Mir ist grade was Wichtiges eingefallen", nuschelt das Shetlandpony. „Der Zauberzucker ist alle! Kannst du Tille sagen, dass sie morgen welchen zum Unterricht mitnimmt?"

„Ist gut. Sonst noch was?"

„Ja, etwas noch Wichtigeres!", schnaubt Henry.

„Oh, was denn?", fragt sie verdutzt.

„Ich wollte dir nur noch sagen …" Henry schnaubt verlegen. „Na ja, eben … zfg!"

Annie blinzelt. „Wie? Was meinst du?"

Henry senkt seine Stimme. „Das ist Ponycode und bedeutet: Ich hab dich zum Fressen gern!"

Ein warmes Brausepulverprickeln breitet sich in Annies Körper aus.

„Wenn das so ist“, seufzt sie glücklich, „dann … ida!“

Und ihr Henry versteht die Antwort sofort.

Die beste Schule der Welt

„Heute lernen wir, wie man Volten reitet", schmettert Madam Balleria über den Reitplatz und bittet die Schüler, sich mit ihren Gefährtenponys auf der Mittellinie aufzustellen.

Weil das Wetter endlich mal wieder schön ist, haben Annie und die anderen Erstklässler draußen Unterricht. Auf dem großen Platz zwischen der Villa und den Ställen spielen die älteren Schüler oft Pofu, während die jüngeren neidvoll zugucken. Man muss nämlich verzwickt geschickt im Sattel sein, um in eine der beiden Ponyfußball-Mannschaften gewählt zu werden. Kaum ein Erstklässler hat das bisher geschafft.

Annie hat sich auch schon oft gewünscht, mit Henry über das riesige Dressurviereck zu donnern. Nicht, weil sie Pofu so toll findet. Sie mag lieber Posei – die andere Sportart an der Schule. Ponyseilspringen macht richtig Spaß, und es sieht außerdem viel spektakulärer aus, als dem riesigen Pofuball hinterherzueiern! Trotzdem hätte sie nichts gegen eine kleine Galopprunde auf dem Platz einzuwenden.

„Von mir aus könnten wir gleich losfetzen“, flüstert sie Henry ins Ohr. Na ja, solange Trippelwicks strengste Reitlehrerin Madam Balleria es auch erlaubt. Hoffnungsvoll blickt sie zu ihren Freundinnen. „Haben Volten zufällig was mit Galoppieren zu tun?“, raunt sie.

„Klingt für mich eher nach Wolken“, trällert Tille und schüttelt ihre Elfenhaare, die so hell sind, als würden sie schimmern. Dabei guckt sie verträumt in den Himmel. „Was meinst du, Fliederfloh? Würdest du nicht auch gern auf Wolken reiten?“

Das Shetlandpony neben Annie brummt. Dabei schüttelt es den Kopf, sodass der Einhornzopf zwischen seinen Plüschohren hin und her baumelt. Als hätte er einen Scheibenwischer auf der Stirn.

Annie muss sich das Lachen verkneifen, so behämmert sieht das aus. Aber wenn es nach Tille geht, braucht eben jedes Pony ein Horn. Annies

Freundin liebt Einhörner über alles. Sehr zum Leidwesen von Fliederfloh. Der muss den ganzen Zirkus mitmachen, und außerdem ist Tille durch ihre Träumereien leider oft abgelenkt. Auch jetzt kriegt sie gar nicht mit, wie blöd Fliederfloh es findet, als Einhorn durch die Gegend zu wuseln, obwohl er doch ein Shetlandpony ist.

„Wir sollten mal mit ihr reden", flüstert Annie Frida zu. „Fliederfloh tut mir langsam leid."

Ihre beste Freundin nickt. „Mir auch", gibt sie zu.

Fliederfloh zieht eine Schnute. „Wenn du mir eine Schubkarre voll Zauberzucker aus dem Haferladen besorgst, kann ich mir das mit den Wolken ja vielleicht mal überlegen."

„Dann würde ich aber nicht so viel Zauberzucker mampfen", wiehert Henry lachend und stupst seinen Ponyfreund in den Kugelbauch. „Muss man als Einhorn nicht federleicht sein, um fliegen zu können?"

„Ich weiß nicht, was du meinst", nuschelt Fliederfloh beleidigt und legt die Ohren an.

Das ist zu viel für die temperamentvolle Sturmtanz.

„Was ist denn mit euch?", fragt Fridas Stute. Ihre Hufe beginnen zu tänzeln, als wären sie in einen Sturm geraten. „Lauert hier draußen etwa Gefahr? Sollen wir nicht besser in die Reithalle gehen?"

„Ach was", beruhigt Frida ihr Gefährtenpony. Annies beste Freundin ist nicht nur total nett, sondern eine richtig coole Socke. Frida bringt so schnell nichts aus der Ruhe. Auch jetzt lacht sie und schüttelt ihre braunen Zöpfe unter dem Reithelm, während Sturmtanz' Hufe durch den Sand stieben. „Ich pass schon auf dich auf, keine Sorge."

„Wenn du das sagst", schnaubt Sturmtanz und beruhigt sich wieder.

„Und was sind jetzt Volten?", fragt Annie noch mal und guckt zu Dana rüber. Die weiß meistens Bescheid. Auch jetzt.

„Eine Volte ist eine Hufschlagfigur und wird kreisrund geritten", erklärt sie und klingt dabei wie immer etwas oberwichtig.

Deshalb konnte Annie Dana anfangs auch gar nicht ausstehen. Obendrein wollte Dana Henry zum Gefährtenpony haben und war richtig Brokkoli, nachdem er sich für Annie entschied – also megadoof! Aber inzwischen hat Dana eingesehen, dass Mirrora genau das richtige Gefährtenpony für sie ist. Die beiden sind ein gutes Team und Annie und Dana sogar Freundinnen.

„Was? Wir sollen bloß im Kreis reiten?", murmelt Annie enttäuscht.

„Eine korrekte Volte ist viel mehr als *im Kreis reiten*", tadelt Mirrora, und zu Annies Überraschung nickt auch Henry.

„Beim Voltenreiten kann man viel lernen", erklärt er.

„Wenn sie korrekt geritten werden", fügt Dana hinzu und hebt die Hand, als Madam Balleria nach jemand Freiwilligem sucht, der das Ganze vorführt.

Kurz darauf schweben Dana und Mirrora auch schon über den Platz. Natürlich sieht es bei ihnen wie immer total einfach aus.

„Vortrefflich!", lobt Madam Balleria und schwingt

zufrieden ihre Reitgerte in der Luft. Dann teilt sie die Schüler in Gruppen auf. „Achtet auf euren Sitz. Und denkt dran: Eure Schultern bewegen sich im Einklang mit den Schultern eures Ponys.“

Die ersten Schüler reiten los. Auch Annie trabt mit Henry an. Anfangs weiß sie nicht so recht,

was sie machen soll. Eine Volte zu reiten ist dann doch schwieriger als gedacht. Sie soll ja rund sein und nicht eierförmig oder sogar eckig. Bald aber hat sie den Dreh raus, und die beiden dürfen die Volte auch im Galopp reiten.

Die Sonne lacht vom Himmel herunter. Die vier Kegeltürme der Villa blitzen am schlumpfblauen Himmel. Henry schnaubt zufrieden unter ihr. Oh, wie ponytastisch! Trippelwick ist einfach die beste Schule der Welt, denkt Annie und galoppiert gleich noch eine Runde.

Auch bei Frida und Sturmtanz klappt es prima.

Nur bei Tille und Fliederfloh hakt es wieder mal.

Während Tille auf Fliederfloh vor sich hin trällert: „Wir reiten Volten auf Wolken und lernen das Fliegen …“, kürzt Fliederfloh frech den Weg ab.

„Du sollst einen kleinen Kreis reiten und nicht ein riesiges Osterei“, tadelt die Reitlehrerin und stellt Hütchen auf, damit Tille sich daran orientieren kann.

Doch auch das funktioniert nicht. Fliederfloh trabt lieber an den Hütchen vorbei.

„Es liegt daran, dass ich keinen Zauberzucker

mehr habe", klagt Tille, als sie an Annie vorbeizockeln. „Ohne den macht Fliederfloh einfach nicht mit!"

Das fällt auch Madam Balleria auf.

„Was ist denn los?", schimpft sie. „Heute klappt ja gar nichts bei euch beiden!"

„Ich weiß auch nicht", murmelt Tille und beißt sich auf die Unterlippe.

Annie weiß, warum Tille schwindelt. Sie und Fliederfloh haben vor Kurzem eine geheime Abmachung getroffen. Solange Tille Fliederfloh mit Zauberzucker-Ponyleckerlis versorgt, spielt er für sie im Unterricht das Einhorn. Madam Balleria wäre aber sicher sauer, wenn sie von dieser Abmachung Wind bekäme. Wahre Ponyfreundschaft hat nun mal nichts mit Bestechung zu tun!

Madam Balleria runzelt die Stirn. „Fliederfloh, du scheinst in letzter Zeit nicht ganz in Form zu sein. Geht es dir denn gut?"

Das Shetlandpony grummelt. Auch er macht keine Anstalten, mit der Wahrheit herauszurücken.

„Besser ist, wir gehen der Sache nach", beschließt die Reitlehrerin. „Tille, du reitest mit ihm nach der

Schule ins Dorf zu Doktor Ennimell. Der Tierarzt soll ihn gründlich durchchecken."

„Was?", quiekt Fliederfloh da, und sein Einhornzopf schlägt eine Pirouette.

„Das ist nur zu deinem Besten", erklärt Madam Balleria und klemmt sich die Reitgerte unter den Arm.

Die Stunde ist vorbei, und Fliederfloh ist ziemlich blass um die Nüstern. Auch Tille guckt verdrossen unter ihrer Reitkappe hervor.

„Heiliges Einhorn! Was, wenn er wirklich krank ist?"

Annie schenkt ihr ein tröstendes Lächeln. „Es wird schon nichts sein. Und wenn du willst, kommen wir nachher einfach mit!"

„Das würdet ihr tun?", seufzt Tille erleichtert.

Annie nickt. „Na klar! In Trippelwick gehen wir doch durch dünn und dick, schon vergessen?!", sagt sie. „Außerdem hätte ich nichts gegen einen Abstecher ins Möhrencafé!"

Da kann Tille wieder lachen.

Snackosaurus

„Wen haben wir denn da?“, ruft Doktor Fernando Ennimell, als Annie, Frida, Tille und Dana nach der Schule mit ihren Ponys bei ihm eintreffen. Der Tierarzt gießt gerade die Rosen vor seiner Praxis. Er trägt seinen Arztkittel und auf dem Kopf einen großen Strohhut. Damit sieht er wie eine Tierarztvogelscheuche aus. „Reitet ihr bei diesem Prachtwetter zum Möhrencafé auf einen Gefährteneisbecher?“, fragt die Tierarztvogelscheuche.

„Nicht ganz“, antwortet Annie.

„Ja, wir müssen leider zu Ihnen“, erklärt Tille. „Madam Balleria meint, dass Fliederfloh eine Untersuchung braucht.“

„Ich brauche einen Gefährteneisbecher, sonst gar nix“, wiehert der kleine Miniklops und macht kehrt.

„Halt!“, stöhnt Tille. Sie muss sich mächtig ins Zeug legen, um ihn zum Stehen zu bringen.

„Zuerst der Arzttermin. Dann gehen wir Eis essen. Und in den Haferladen. Aber nur, wenn du jetzt mitmachst, hörst du?“

„Oje, das mit dem Mitmachen könnte schwierig werden“, raunt Henry Annie zu. „Fliederfloh findet Spritzen so was von Brokkoli. Deshalb kann er Doktor Ennimell auch nicht ausstehen, obwohl der für einen Tierarzt schwer in Ordnung ist.“

Als Antwort stemmt Fliederfloh prompt die Hufe ins Gras. „Tierärzte sind böse. Das weiß jeder! Die haben grässliche Spritzen …“

„… die dich gesund machen, wenn du krank bist“, unterbricht der Tierarzt und greift wie zum Beweis in seine Kitteltasche. Ein Stück Zauberzucker kommt zum Vorschein. „Und vielleicht brauchst du heute auch überhaupt keine Spritze. Ich will dich nur mal anschauen, in Ordnung?“

„Oh!“, macht Fliederfloh, als er den Zauberzucker in Doktor Ennimells Hand sieht.

Annie muss lachen. Typisch Fliederfloh! Für ein Stück Zauberzucker tut er so gut wie alles. Auch jetzt. Brav trottet er neben dem Tierarzt durch das Tor. Dahinter befindet sich der Untersuchungsraum. Er ist beinahe so groß wie der Ponystall in Trippelwick, aber überhaupt nicht so gemütlich. Die Wände sind weiß gekachelt, und der Boden ist mit rutschfesten Gummimatten ausgelegt. Ein strenger Geruch steigt Annie in die Nase, als sie mit Henry und den anderen hineinreitet.

Tille rutscht von Fliederflohs Rücken und nimmt Sattel und Zaumzeug ab.

Augenblicklich bilden sich zwei Sorgenfalten auf der Stirn des Tierarztes. „Fliederfloh, du bist ja noch dicker geworden in letzter Zeit!“ Verwundert streicht er über den felligen Kugelbauch. „Naschst du so viele Pony- und Pferdeleckerlis?“

„Nö, gar nicht“, nuschelt Fliederfloh und versucht den Bauch einzuziehen.

„Quatsch, du naschst ständig Popflis", schnaubt Mirrora empört. Danas Gefährtin kann es gar nicht leiden, wenn jemand lügt.

„Sogar nachts", hängt Sturmtanz kichernd dran.

„Er liebt eben Zauberzucker", versucht Tille ihr Gefährtenpony in Schutz zu nehmen. „Das ist seine Lieblings-Popflisorte."

„Oje, dann haben wir es mit einem ausgewachsenen Snackosaurus zu tun", erklärt der Tierarzt.

„Ist das schlimm?", fragt Annie.

„Na, gesund ist es nicht." Der Tierarzt streichelt besorgt über Fliederflohs Mähne. „Warum naschst du denn so viel? Füttert dich Stallmeister Dorn nicht ordentlich? Oder hast du Kummer?"

Fliederfloh senkt den Kopf. „Weiß nich", nuschelt er.

„Vielleicht ist es ja wegen der Abmachung", sagt Annie vorsichtig.

„Meinst du?", fragt Tille und guckt ganz verwirrt.

„Na ja", schaltet Frida sich ein. „Wir waren in letzter Zeit schon ziemlich oft wegen euch im Haferladen."

Tilles Augen werden groß. „Oh!", macht sie, als sie begreift. Und dann erzählt sie dem Tierarzt die Wahrheit.

„Das ist aber eine schlechte Abmachung", schimpft er, als Tille geendet hat. „Ab jetzt darf Fliederfloh keine Popflis mehr kriegen. Und schon gar nicht Zauberzucker!" Er sieht Tille streng an.

Sie nickt traurig.

Fliederfloh hingegen hebt trotzig das Kinn. „So dick bin ich auch wieder nicht!"

Der Tierarzt seufzt. „Eindeutig, ein Snackosaurus! Und deshalb gebe ich zur Sicherheit drüben im Haferladen Bescheid. Ihr zwei habt ab jetzt Kaufverbot in der Popfliabteilung!" Als wäre das nicht schlimm genug, lässt der Tierarzt auch noch seinen Zauberzucker zurück in die Kitteltasche verschwinden und hält Fliederfloh stattdessen eine Minimöhre hin. „Mein Lieber, du musst dringend abspecken. Am besten stelle ich euch gleich eine Liste mit Dingen zusammen, die du fressen darfst! Leinsamen, Mariendisteln, Brennnesselblätter …"

„Klingt ja ponytastisch“, murrt der Miniklops sauer.

Tille hingegen blinzelt betroffen. Dann guckt sie zu Annie und seufzt: „Geht ruhig ohne uns ins Möhrencafé. Das hier ist wichtiger.“

Auch wenn in Trippelwick alle durch dünn und dick gehen, gibt es Dinge, die Gefährten für sich tun müssen. Annie weiß das nur zu gut. Auch sie will manchmal mit ihrem Henry alleine sein. Und deshalb nickt sie jetzt und reitet mit den anderen zum Tor hinaus.

Mopf

Es ist schon spät, als Tille aus dem Dorf zurückkommt. Annie hat längst ihren Pyjama an, Frida kämmt sich gerade die Haare, und Dana liest in ihrem Lieblingsbuch: *Dressur für Oberprofis.*

Leise schleicht Tille in das türkise Turmzimmer und sagt keinen Ton zur Begrüßung. Merkwürdig! Normalerweise trällert sie vor dem Zubettgehen oft Einhornvokabeln vor sich hin oder quatscht ihnen die Ohren mit Einhorngeschichten voll.

Annie setzt sich zu ihr aufs Bett und fragt, wie es Fliederfloh und ihr noch beim Tierarzt ergangen ist.

Da fängt Tille glatt an zu weinen.

„Ich bin ein Mopf!“, schluchzt sie. So werden auf Trippelwick Menschen ohne tierische Gefährten genannt. Auf Ponycode heißt das Mensch ohne Pferd.

„Was für ein Quatsch!“ Annie legt tröstend den Arm um sie.

„Genau“, sagt Frida und kuschelt sich zu ihnen. „Du hast doch Fliederfloh.“

Sogar Dana klappt das Buch zu und gesellt sich zu ihnen. „Ja, er muss nur eine Diät machen.“

„Und wie soll das bitte schön gehen?“, schnieft Tille unter ihrem Elfenhaar und schlingt die Arme um ihre Knie. „Er macht doch nur mit, wenn er Zauberzucker kriegt! Außerdem …“ Sie zieht geräuschvoll den Rotz durch die Nase. „Außerdem gehören wir gar nicht zusammen. Ich hab das von Anfang an gespürt. Fliederfloh hat mich am Gefährtentag nur ausgewählt, weil Direktor Hillbatten ihn darum gebeten hat. Das hat er mir später verraten. Kein anderes Pony wollte mit der *Einhorn-Trulla* zu tun haben. So nennen mich die Ponys heimlich.“

Annie, Frida und Dana sehen sich betroffen an. Deshalb hat also die Entscheidung am Gefährtentag so lange gedauert?! Damals dachte Annie noch, dass es an ihr liegen würde. Ohne Gefährtenpony ist man ein Mopf, und als Mopf muss man die

Schule verlassen, auch wenn man mit Ponys und Pferden sprechen kann. Ohne Gefährtenpony keine Ausbildung. So läuft das in Trippelwick.

Ein Glück, dass für Annie alles ganz anders gekommen ist. Umso mehr tut ihr Tille jetzt leid.

„Hör mal“, versucht sie ihre Freundin zu trösten. „Warum vergisst du nicht diese blöde Abmachung und liebst deinen Fliederfloh so, wie er ist. Als Pony! Dann macht er auch garantiert im Unterricht mit, und du brauchst keinen Zauberzucker.“

„Ich frage mich ohnehin schon die ganze Zeit, warum du Einhörner so toll findest“, stöhnt Dana. „Du hast ja gehört, was Mister Mungumu in Ponygeschichte über sie gesagt hat. Einhörner leben oben in den Bergen und sollen total unberechenbar sein. Sie bleiben stets unter sich, suchen nie Kontakt zu Menschen oder Pferden. Und wild sind sie obendrein. Du solltest froh sein, dass dein Fliederfloh kein Einhorn ist.“

„Einhörner sind toll“, widerspricht Tille und wirft Dana einen wütenden Blick zu. „Du hast ja keine Ahnung!“

„Du vielleicht?“, antwortet Dana schnippisch. „Du hast ja selbst noch nie eines in echt gesehen. Nur weil du perfekt Einhornisch sprechen kannst, heißt das noch lange nicht, dass Fliederfloh für dich das Einhorn spielen muss. Du bist hier auf einer Ponyschule und nicht auf einer Einhornschule, vergiss das nicht.“

„Dana hat recht“, seufzt Frida. „Fliederfloh ist das erfahrenste Pony von allen. Du könntest eine Menge von ihm lernen.“

Tille bläst geräuschvoll die Luft aus den Backen,

und ihre Stirnfransen flattern wie Spinnweben. „Ich weiß ja auch nicht, warum ich so einhornversessen bin. Schon als Baby habe ich von ihnen geträumt und nur Einhornwörter gebrabbelt. Mama und Papa dachten, ich hätte einen Sprachfehler."

Annie muss lachen. Seit sie im Fach Sprachen Eselisch, Zebraisch und Einhornisch lernen, weiß sie, wie brummig die Einhornsprache klingt. Von daher kann sie Tilles Eltern gut verstehen.

„Ein Baby, das knurrt wie ein Säbelzahntiger! Kein Wunder, dass die sich erschreckt haben."

Frida und Dana lachen ebenfalls.

Tille wischt sich die Tränen aus dem Gesicht. „Vielleicht habt ihr recht. Ab jetzt keine Träumerei mehr von Einhörnern, versprochen!" Dabei guckt sie zum Turmfenster hinaus. Draußen leuchten die Sterne am dunklen Nachthimmel. „Wenn ich bloß wüsste, warum mir das so schwerfällt", murmelt sie traurig.

Arme Tille, denkt Annie. Ihre Freundin muss sich in Trippelwick schrecklich einsam fühlen. Denn es stimmt, was Tille sagt. So richtig passen

Fliederfloh und sie nicht zusammen. Das muss furchtbar sein. Alle anderen hier haben ein Gefährtenpony, das perfekt zu ihnen passt. Wie zwei Puzzleteile. Nur Tille eben nicht. Wenn man es genau nimmt, ist sie tatsächlich ein Mopf.

Annie wird ganz schwummerig bei dem Gedanken. Wie es wohl wäre, wenn sie ihren Henry nicht hätte? Sie nimmt sich fest vor, ihrer Freundin ab sofort zu helfen. Auf keinen Fall wird sie Tille im Stich lassen. Und Fliederfloh auch nicht. Es muss eine Lösung geben. Irgendwas wird ihr schon einfallen.

Während Annie das denkt, funkelt plötzlich etwas draußen vor dem Turmfenster. Irgendwo unten im Dorf neben dem Wald. Es leuchtet heller als die Sterne am Nachthimmel. Doch als Annie genauer hingucken will, ist das seltsame Schimmern schon verschwunden.

Einbruch im Haferladen

Ein verführerischer Duft steigt Annie in die Nase, als sie am nächsten Morgen die steile Wendeltreppe des Südturms hinunterflitzt. Wie es scheint, hat Frau Semmelbrot mal wieder ihre berühmten Waffeln gebacken. Annie läuft das Wasser im Mund zusammen. Meistens serviert die Haushälterin die hufeisenförmigen Waffeln mit Erdbeeren und Sahne. Besser kann ein Tag nicht beginnen!

Im Speisesaal ist schon mächtig viel los. Die Schüler der Oberstufe, die in Trippelwick als Pferdeflüsterer ausgebildet werden, sind längst auf den Beinen. Auch die Ponyjungs aus dem Westturm sind fast alle da. Gerade kommen die letzten zwei. Frech grinsend biegen die Marmorkuchenjungs, die beide im Silberzimmer wohnen, um die Ecke.

Annie hat den beiden diesen Spitznamen verpasst, weil sie aussehen wie Marmorkuchen. Pablo hat Schokohaare und Niklas Vanillehaare. Ständig stecken sie ihre Köpfe zusammen und hecken etwas aus. Auch jetzt! Leise pirschen sie sich an ihre Klassenkameradin Flora aus dem purpurnen Turmzimmer heran und klauen ihr eine Waffel vom Teller.

„Blödmänner", knurrt Flora, als sie kapiert, warum ihr Teller urplötzlich leer ist. „Stellt euch gefälligst selber an!"

Die Marmorkuchenjungs feixen und stürzen sich schmatzend ins bunte Getümmel.

Um diese Zeit hat in der Ponyschule jeder Schüler schon seine Schulreituniform an. Die Farben von Trippelwick erleuchten den Saal. Alle tragen rubinrote Poloshirts und taubenblaue Reithosen. Dazu prangt das silberne Schullogo auf ihrer Brust: zwei steigende Pferde und in der Mitte das Wappen mit den Initialen von Trippelwick. Ziemlich schick sieht das aus. Annie liebt ihre Reituniform. Seit sie in Trippelwick zur Schule geht, hat sie ihre Reithose nur zum Schlafen ausgezogen.

„Hoffentlich ist noch was übrig", stöhnt Dana neben ihr, als sie sich in die lange Schlange am

Buffet anstellen. Sie schielt zu den Lehrertischen rüber und verdreht die Augen. Dort haben es sich heute nicht nur Madam Balleria und Springlehrer Tschamp gemütlich gemacht. Auch zwei der Lehrerpferde sind anwesend. In Trippelwick ist es völlig normal, dass die Schüler nicht nur von Menschen unterrichtet werden, sondern auch von Pferden. Und sogar von einem Esel und einem Zebra.

Annie muss lachen, als sie ausgerechnet die beiden am Lehrertisch entdeckt. Der alte Eselprofessor Zen schlabbert gerade genüsslich einen Tupfen Schlagsahne von seinem Teller.

„Kollege, du hazt da waz an den Nüztern“, quiekt Mister Mungumu, das Zebra, und bricht in schallendes Zebralachen aus. Das klingt, als würde er rückwärts lachen. Hahihahihahi! „Du ziehzt auz wie Zanta Klauz mit dem Zahnebart!“

Zahnebart! Annie kichert. Mister Mungumu ist einfach der Knaller! Ihr Lehrer für Sprachen und Ponygeschichte hat natürlich *Sahnebart* gemeint.

Auch Frida und Dana prusten los.

Nur Tille guckt sauer aus der Wäsche. „Na, super! Die beiden schlagen sich die Bäuche voll, und Fliederfloh muss Brennnesseln fressen“, murrt sie und krallt sich einen Teller.

„Liebes, wie siehst du denn heute aus“, trällert Frau Semmelbrot, als Tille an der Reihe ist. Wie immer trägt die Köchin ihre Rüschenschürze und ein verschmitztes Lächeln auf ihrem faltigen Gesicht. Gutmütig schaufelt sie Tille eine Extraportion Hufeisenwaffeln auf den Teller und raunt: „Das wird dir guttun.“ Sie gibt eine ordentliche Portion Sahne hinzu und dekoriert das Ganze mit Erdbeeren.

Schon stiehlt sich ein Lächeln auf Tilles Gesicht.

„Danke“, seufzt sie und macht sich, als sie an ihrem Tisch ankommen, hungrig über das Frühstück her.

Auch Annie, Frida und Dana lassen es sich schmecken.

„Wie gut, dass Fliederfloh das nicht sieht“, sagt Annie und schaufelt sich gierig Erdbeeren in den Mund. „Der würde sonst doppelt leiden, meint ihr nicht?“

„Alfo, ich werde ef ihm beftimmt nicht auf die Nüftern binden“, schmatzt Tille mit vollem Mund.

„Ich auch nicht“, lacht Frida und beißt auf eine Erdbeere. „Dafür schmecken Hufeisenwaffeln viel zu gut.“

„Stimmt“, sagt Annie und steht auf. „Ich hole mir Nachschlag. Wer kommt mit?“

Alle drei Mädchen springen auf. Doch in dem Moment wird es still. Verdattert blickt Annie sich um. Miss Nelson, die Hauslehrerin, hat den Speisesaal betreten. Hektisch redet sie auf Madam Balleria ein. Sieht aus, als wäre sie richtig wütend.

„Ist was passiert?“, wundert sich Annie.

Als Antwort geht ein Raunen durch die Menge.

„Wie?“

„Was?“

„Ehrlich?!“ Die Schüler tuscheln aufgeregt durcheinander.

„Im Haferladen wurde eingebrochen?“

„Die Popfliabteilung wurde geplündert?“

Frida dreht sich zu den anderen. „Habt ihr das gehört?“

Annie nickt beklommen. Dass jemand an einem so wunderbaren Ort einen Diebstahl verübt, kann sie sich kaum vorstellen. „Wer soll denn das gewesen sein?“

Wie auf Kommando wenden sich unzählige Köpfe in ihre Richtung.

„Warum glotzen die denn so?“, fragt Tille überrascht. „Die glauben doch wohl nicht, dass wir was damit zu tun haben!“

„Na, du vielleicht nicht“, kräht Pablo vom Nachbarstisch rüber. „Aber dein gefräßiger Fliederfloh womöglich schon …“

„He!“, schimpft Tille und baut sich wütend vor ihm auf. „Lass Fliederfloh in Ruhe! Ich beschuldige deinen Pepper ja auch nicht.“

Pablo seufzt theatralisch. „Die checken wieder mal gar nichts, Niklas!“

Niklas grinst unter der vanillegelben Matte. Dann erklärt er großzügig: „Der ganze Zauberzucker ist weg. Und ich kenne nur einen, der total scharf auf Zauberzucker ist. Na, klingelt es jetzt bei euch?“

Ponys haben keine Taschen

Annie ist wie vom Donner gerührt. Glauben Niklas und Pablo wirklich, dass Fliederfloh der Zauberzucker-Dieb ist?

Neben ihr läuft Tille vor lauter Ärger tomatenrot an.

„Nur weil Zauberzucker gestohlen wurde, heißt das noch lange nicht, dass Fliederfloh und ich das waren!" Tilles Stimme hallt durch den ganzen Speisesaal. Sogar die Pferdeflüsterschüler starren jetzt zu den Mädchen herüber, obwohl die sie sonst nie eines Blickes würdigen.

„Pst", macht Annie. „Nicht so laut!"

Aber es ist zu spät. Miss Nelson stöckelt in ihrem blassblauen Kleid auf sie zu.

„Tille, was weißt du über den Diebstahl?", fragt sie streng. Obwohl die Hauslehrerin noch jung ist, sieht sie mit ihrer dicken Hornbrille auf der Nase wie ein alter, grummeliger Uhu aus. Lachen kann

Miss Nelson obendrein nicht. Es sei denn, Doktor Ennimell ist in der Nähe. Dann führt sie sich auf wie Fliederfloh, wenn er Zauberzucker sieht. Miss Nelson ist schrecklich verknallt in den Tierarzt.

„Ich weiß gar nichts", sagt Tille wütend.

„Eure Reitlehrerin hat mir aber erzählt, dass sie dich gestern mit Fliederfloh ins Dorf geschickt hat. Zum Tierarzt?" Sofort werden Miss Nelsons Wangen rosarot.

Annie und Frida werfen sich einen amüsierten Blick zu.

„Was gibt es denn da zu grinsen?", schnarrt die Hauslehrerin. „Ein Dieb, womöglich unter uns an der Schule – das ist doch unerhört! So etwas dulde ich nicht! Diese Sache muss dringend geklärt werden." Sie wippt mit dem Fuß auf der Stelle und sagt: „Ich möchte augenblicklich erfahren, ob dein Gefährtenpony etwas damit zu tun hat!"

Tille verschränkt die Arme. „Fragen Sie ihn doch."

Empört schnappt Miss Nelson nach Luft. „Also gut! Gehen wir! Und ihr kommt am besten gleich mit!“ Sie zeigt mit spitzen Fingern auf Annie, Frida und Dana.

Verwundert sieht Annie ihre Freundinnen an. Ist Miss Nelson nicht eine der wenigen in Trippelwick, die nicht mit Ponys und Pferden sprechen können? Oder ist das nur ein Gerücht und sie kann es doch? Jetzt ist Annie doppelt gespannt!

Dana hingegen will mit der Sache nichts zu tun haben. Während sie die Eingangshalle der Villa durchqueren, murrt sie: „Ich verstehe nicht, wieso *wir* mitgehen müssen?“

„Weil ihr sonst auch immer zusammenklebt“, antwortet Miss Nelson patzig und tritt ins Freie.

Hastig marschieren sie über den Reitplatz, auf dem noch der Morgennebel hängt.

Da geht Annie ein Licht auf.

„Ja genau, wir kleben zusammen“, ruft sie. „Deshalb kann Tille es gar nicht gewesen sein. Wir waren gestern doch alle gemeinsam im Dorf.“

„Stimmt, sie hat ein Alibi!“, ruft Frida, als wäre sie Sherlock Holmes höchstpersönlich. „Nämlich uns!“

„Ist das so?“, fragt Miss Nelson misstrauisch, ohne stehen zu bleiben.

Annie nickt, aber dann fällt ihr ein, dass das nur die halbe Wahrheit ist. Tille war ja noch ziemlich lange mit Fliederfloh im Dorf. Ohne sie! Die beiden hätten also genügend Zeit gehabt, die Popfliabteilung im Haferladen zu plündern …

Annie wirft Tille einen vorsichtigen Blick zu. Nein, so etwas würde ihre Freundin niemals tun! Und Fliederfloh? Nee, der auch nicht … obwohl … wenn es um Zauberzucker geht … Annie beißt sich besorgt auf die Lippen.

Miss Nelson scheint von alldem zum Glück nichts mitzubekommen. Sie geht einfach weiter. Also hält Annie den Mund. Mal gucken, was Fliederfloh gleich sagt. Und sonst kann sie ja Henry um Rat bitten. Denn verpetzen will sie ihre Freundin bestimmt nicht.

Schon haben sie den Ponystall erreicht. Henry und die anderen Gefährtenponys frühstücken gerade. Sie stehen draußen auf dem Paddock und mampfen Heu.

Stallmeister Dorn sitzt in einer Ecke am Eingang zum Stall und sieht seinem Lehrling Ottokar beim

Ausmisten zu. Als er die Gruppe auf sich zukommen sieht, springt er hastig auf.

„Miss Nelson! Was wollen Sie denn hier? Heute gibt es keinen Unterricht in Stallkunde." Er lehnt sich lässig gegen einen der Heuballen.

Annie, Frida, Tille und Dana halten erschrocken die Luft an. Ausgerechnet dort, wo der Stallmeister sich anlehnt, befindet sich ein Geheimraum hinter den Heuballen. Die Heuhöhle. Annie hat sie entdeckt, als sie sich vor dem übellaunigen Dorn verstecken musste. Seitdem ist die Heuhöhle ihr Geheimort. Dort treffen sie sich mit ihren Ponys, wenn sie ihre Ruhe haben wollen oder eine Heuhöhlenparty schmeißen.

Argwöhnisch blickt der Stallmeister auf Annie und ihre Freundinnen und kommt einen Schritt auf sie zu. Puh, ein Glück!

„Oder haben die Gören gar was ausgefressen?"

Miss Nelson schürzt die Lippen und hüstelt umständlich.

„Das werden wir gleich herausfinden. Ich würde Sie bitten, Tilles Gefährtenpony zu holen. Wir haben dringend mit ihm zu sprechen."

Stallmeister Dorn sieht Miss Nelson verdutzt an. Doch dann bellt er: „Ottokar! Hol mal eben den Dicken!“

Ottokar legt die Mistgabel beiseite und trottet nach draußen. Es dauert nicht lange und Fliederfloh schiebt seinen Wuschelkopf zur Stalltür herein.

Sofort fällt Annie auf, wie mies gelaunt Tilles Shetlandpony ist.

„Dann mal los!“ Die Hauslehrerin hüstelt schon wieder und reibt sich die Nase. Anscheinend mag sie Ponystallgeruch nicht so gern. „Eine von euch soll ihn fragen, was er gestern gemacht hat.“

Also doch, denkt Annie. Miss Nelson ist keine Pferdeflüsterin. Und ausgerechnet die unterrichtet in Trippelwick? Schon seltsam. Andererseits aber auch praktisch. So kann Miss Nelson ihre neugierige Nase nicht überall hineinstecken.

Tille macht schon den Mund auf, da schüttelt die Hauslehrerin ihre mausbraunen Haare.

„Du nicht. Jemand anders soll ihn fragen …“ Sie guckt in die Runde und bleibt bei Annie hängen. „Annelie Fliederbusch, du machst das!“

Fliederfloh guckt genervt unter seinem Einhornzopf hervor.

„Was will die? Ich will frühstücken. Hab total Kohldampf. Wenn ich nicht schnell wieder draußen bin, fressen die anderen mir das bisschen, was ich heute kriege, auch noch weg!"

„Und?", will die Hauslehrerin wissen. „Was sagt er?"

„Dass er Hunger hat“, murrt Tille.

Die Hauslehrerin blickt zu Annie. „Stimmt das?“

Sie nickt.

Miss Nelsons Uhuaugen blitzen auf.

„Soso, vielleicht auf Zauberzucker? Er soll doch bitte schön mal seine Taschen leeren, ja?“

Annie klappt der Mund auf. Auch Frida prustet neben ihr los. Sogar Dana kann sich ein Grinsen nicht verkneifen.

Tille hingegen starrt die Hauslehrerin mit glasigen Augen an.

„Heiliges Einhorn! Wie haben Sie es bloß nach Trippelwick geschafft? Sie haben ja überhaupt keine Ahnung von Ponys!“

Jetzt muss sogar der sonst so übellaunige Stallmeister Dorn lachen. „Ponys! Taschen!“, wiehert er.

„So helfen Sie mir doch“, blafft Miss Nelson ihn an. „Wir haben einen Dieb zu entlarven!“

Stallmeister Dorn zuckt die Schultern. „Das kann schon sein. Aber der Dicke war’s nicht. Das sieht man doch, auch wenn man kein Pferdeflüsterer ist! Hätte der Ihren Zauberzucker gefressen, würde er ganz anders gucken, das können Sie mir glauben."

Miss Nelson blinzelt verdutzt hinter ihrer Uhubrille.

Fliederfloh fletscht die Zähne. „Ich. Habe. Hunger!", brummt er.

„Huch!" Die Hauslehrerin weicht zurück.

Stallmeister Dorn lacht. „Eben, kapieren Sie's jetzt? Der Dicke hält seit gestern Diät. Ferdy Ennimell hat mir extra eine Liste gegeben, was er fressen darf und was nicht. Hab jetzt voll die Arbeit damit", hängt er wichtigtuerisch dran.

„Wohl eher Ottokar", murmelt Fliederfloh schlecht gelaunt.

Annie lacht erleichtert auf. Für sie ist endgültig bewiesen, dass Fliederfloh nicht der Dieb sein kann. Und das hat einen ziemlich einfachen Grund!

Miss Nelson hingegen tappt noch immer im Dunkeln und sieht planlos in die Runde. Annie erlöst die Lehrerin von ihrer Unwissenheit.

„Er kann es einfach nicht gewesen sein, weil er

total schlechte Laune hat“, erklärt sie, was alle anderen im Stall längst wissen.

„Ja, wegen der Diät“, jammert Tille.

„Weil er so dick ist“, ergänzt Dana.

„Und das soll ein Beweis sein?“, schnarrt die Hauslehrerin verschnupft.

Annie grinst so breit, dass ihre Sommersprossen auf der Nase hüpfen.

„Na klar! Hätte Fliederfloh Zauberzucker gefressen, wäre er viiiel besser gelaunt.“ Außerdem sagt ihr Herz ganz deutlich, dass der Miniklops es nicht war. Darauf kann Annie sich immer verlassen. Nicht umsonst lautet Trippelwicks Schulmotto: *Sprich mit deinem Herzen zu Pferden und du wirst Pferdeflüsterer werden!*

„Vertrauen Sie uns“, sagt sie deshalb und schenkt der Hauslehrerin ein breites Lächeln. „Wir sind Ponyflüsterinnen! Wir wissen so was!“

Miss Nelson blickt Hilfe suchend zu Stallmeister Dorn. Doch der ist ausnahmsweise mal mit Annie einer Meinung.

„Da haben die Gören recht. Sie müssen Ihren Dieb woanders suchen. Und jetzt lassen Sie mich meine Arbeit machen." Er lässt sich auf die Heuballen plumpsen und schnippt mit den Fingern. „Ottokar", bellt er. „Mach dich nützlich!"

Mürrisch stapft Miss Nelson ihnen voran aus dem Ponystall.

„Ich mag es eben nicht, wenn man sich nicht an die Regeln hält. Regeln sind lebenswichtig! Das versteht ihr doch, oder?"

„Klar", sagen Annie, Frida und Dana schnell.

„Und einen Dieb unter meinen Schülern kann ich schon gar nicht dulden. Wo kommen wir da hin?!" Miss Nelsons Wangen werden rot vor Empörung, so sehr regt sie sich auf.

„Fliederfloh und ich waren es aber wirklich nicht", mault Tille.

Miss Nelsons Uhublick bleibt misstrauisch. „Das werden wir erst mit letzter Sicherheit wissen, wenn der wahre Dieb geschnappt ist, nicht wahr?", näselt sie.

Dann stöckelt sie davon.

Tille seufzt. „Na, prima! Als hätte ich mit Fliederflohs Diät nicht schon genug am Hals. Jetzt halten mich in der Schule auch noch alle für den Dieb!"

„Wir nicht“, sagt Annie rasch und wirft Frida und Dana einen Blick zu.

Die beiden nicken eifrig.

„Mich würde aber schon interessieren, wer den Zauberzucker in Wirklichkeit gestohlen hat“, fügt Annie nachdenklich hinzu.

„Mich auch“, sagt Frida. „Vielleicht war es jemand anders aus der Schule?“

Dana verschränkt die Arme. „Wenn wir das wüssten, wären Tille und Fliederfloh nicht mehr verdächtig.“

Annie seufzt erleichtert. So ein Glück, dass ihre Freundinnen genauso darüber denken wie sie.

„Dann sind wir uns ja einig! Wir finden heraus, wer der wahre Dieb ist! Das lassen wir auf Tille und Fliederfloh nicht sitzen!“

Suche nach dem Popfli-Dieb

An diesem Nachmittag haben die Ponyschüler schulfrei. Annie, Frida, Tille und Dana nutzen die Gelegenheit, um mit ihren Gefährten ins Dorf zu reiten. Dort unten ist mächtig was los. Wie es aussieht, sind ihre Mitschüler ganz schön neugierig. Vor dem Ort des Verbrechens hat sich eine lange Warteschlange gebildet. Herr Kramer hat alle Hände voll zu tun. Jeder will in den Haferladen.

Annie bahnt sich mit Henry einen Weg durch die Menge, die Freundinnen folgen ihnen. Als ihre Mitschüler Tille sehen, weichen sie vor ihr und Fliederfloh zurück.

„Rieche ich so mies, oder was?“, schnauzt Fliederfloh die gaffenden Kinder an. Seine Laune ist noch miserabler als am Morgen.

„Vielleicht gucken sie ja nur so, weil du heute keinen Einhornzopf hast“, versucht Annie ihn aufzumuntern.

Tille hat nämlich trotz des Trubels um den Popfli-Dieb Wort gehalten. Bisher hat sie Fliederfloh mit ihrer Einhorn-Marotte verschont.

Fliederfloh rollt dennoch mit den Augen. „Ich bin dick, nicht doof. Ich weiß genau, warum die gaffen. Lasst uns schnell den echten Dieb suchen! Dieses Ponywabohu hier geht mir gewaltig auf die Nerven."

Gemeinsam machen sie sich auf die Suche nach Hinweisen. Doch nirgendwo ist etwas Verdächtiges zu finden. Die Fensterscheiben im Haferladen sind alle noch heil. Herr Kramer hat nichts gehört oder gesehen. In der Popfliabteilung ist auch alles wie immer.

In den Regalen leuchten die buntesten Pony- und Pferdeleckerlis wie in der himmlischsten Süßigkeitenabteilung: rote *Herzschmeichler*, die angeblich bewirken, dass die Ponys einen ganz doll mögen. Gelbe *FriedeFreudeHaferkuchen* in einem Glastopf, die beruhigen sollen. Auch die braunen *Pupslis*, Professor Zens Lieblingspopflis mit Fenchelgeschmack, sind noch da. Die grünen Keksbrocken daneben heißen *Turbos*. Und das

Glas mit Henrys Lieblingssorte *Waldhauch* ist sogar besonders prall gefüllt. Die waldgrünen Popflis in Blätterform krachen herrlich beim Mampfen und schmecken nach Rinde, Zimt und einer pfeffrigen Brise Abenteuer. Nur das Glas mit der Aufschrift *Zauberzucker*, das ist leer.

„Schon seltsam, dass es gar keine Einbruchspuren gibt", meint Henry und blickt hinaus zur Hoftür. „Der Dieb muss über den Innenhof gekommen sein."

„Über die Mauer?", wiehert Sturmtanz. „Ist das nicht viel zu hoch?"

„Vielleicht ist er ja geflogen“, trällert Tille. Doch als sie die Blicke von Annie und den anderen bemerkt, wiegelt sie ab. „Schon gut! Dann ist der Dieb eben geklettert.“

„Hoffentlich hat er woanders im Dorf mehr Spuren hinterlassen. Sonst sehe ich schwarz“, seufzt Annie. Die Suche nach dem Dieb hat sie sich leichter vorgestellt. Wenn sie keine brauchbaren Hinweise finden, die sie zum wahren Täter führen, wie sollen sie dann Tille und Fliederfloh helfen?

Als Annie Henry für eine Stärkung zum Möhrencafé lenkt, ist dort fast genauso viel los wie beim Haferladen. Auf der Café-Terrasse vor dem Hufeisensee sind fast alle Tische belegt. Nur einer ist noch frei. Schnell reiten die Mädchen darauf zu und nehmen Platz. Ihre vier Ponys gesellen sich zu ihnen. Die Tische im Möhrencafé sind extra breit gemacht. So finden alle Platz.

Schon steckt Henry seine Ponynase über Annies Schulter und blickt in die Eiskarte.

„Hast du Lust auf den großen Gefährteneisbecher?“, fragt er. „Möhrentrude soll eine neue

Eissorte dafür erfunden haben. *Fichtensprosseneis.* Klingt total lecker …“

Annie schüttelt rasch den Kopf. „Wenn ich ehrlich bin, habe ich heute richtig Heißhunger auf Möhrentrudes Spezialflip“, ruft sie und kichert übertrieben fröhlich.

„Im Ernst?“ Verdattert schielt Henry auf die Karte in ihrer Hand. Ein großes Cocktailglas mit Schirmchen und Kirsche ist darauf abgebildet. Mit einem schleimigen Brei darin.

„Klar! Der ist gesund. Mit Teufelskralle und Eisenkraut!“ Sie zwinkert Henry zu.

Da kapiert er endlich. „Leeecker“, schnaubt er und grinst rüber zu Fliederfloh. „Wollt ihr nicht auch so einen Flop … äh … Flip?“

Tille nickt erleichtert. „Der steht sogar auf der Liste vom Tierarzt, Fliederfloh. Den darfst du mampfen!“

„Kanns kaum erwarten“, brummt der Miniklops.

Weil alle in Trippelwick durch dünn und dick gehen, bestellen Frida und Sturmtanz für sich auch einen Flip. Und Dana und Mirrora. Zum Glück schmeckt er besser, als er aussieht. Als sie bezahlen, bleibt Möhrentrude für einen Augenblick bei ihnen am Tisch stehen.

„Hach“, seufzt die Cafébesitzerin und streicht ihr orangefarbenes Kleid glatt. „Passt ja auf, wenn ihr heute auf dem Schleichweg zurückreitet. Etwas Seltsames liegt in der Luft.“

„Ehrlich?“, wiehert Sturmtanz und schnuppert mit erhobenem Kopf in alle Richtungen.

Frida tätschelt ihren Hals und meint: „Ach, das sagt sie nur so, wegen des Popfli-Diebs.“

„Wenn es nur die Popflis wären“, murmelt Möhrentrude und zupft nervös an dem grünen Band in ihrem Haar. „Auch andere Dinge sind verschwunden. Beim Tierarzt hat jemand die Rosen geköpft. Bei Hufschmied Trapp fehlt eine Wolldecke. Am allerschlimmsten aber ist dieses Leuchten dort draußen in der Nacht …“

Annie folgt Möhrentrudes Blick. Vor ihnen liegt der Hufeisensee. Und die Flüsterinsel. Total sumpfig soll es auf der Insel sein. Besonders, wenn es regnet.

„Dort leuchtet etwas?“, wundert sie sich.

Möhrentrude nickt beklommen. „Ich glaube, es spukt auf der Insel“, haucht sie und sieht glatt wie eine Zittermöhre aus. „Seit Teddy Wiggelbi gestorben ist, hat niemand mehr die Insel betreten. Doch jetzt … seit einigen Tagen …“

„Wer ist denn Teddy Wiggelbi?“, wundert sich Tille.

Möhrentrude zieht die Augenbrauen hoch. „Habt ihr das in Ponygeschichte noch nicht gelernt, oder habt ihr etwa nicht aufgepasst? Teddy Wiggelbi ist der Mitbegründer eurer Schule. So etwas solltet ihr wissen!“

„Also, ich weiß es“, sagt Dana schnell und hängt dran: „Na ja, von meiner Mutter. Sie ist ja auch hier zur Schule gegangen. Jedenfalls war Teddy Wiggelbi ein Pferdeflüsterer. Er hat vor etwa 200 Jahren im Dorf gelebt und war der Erste, der ein Buch über unsere Gabe geschrieben hat. Ich glaube, es hieß *Quatschen mit Pferden*, aber es war kein großer Erfolg. Außerdem gilt es als verschollen …“

„Das wundert dich?“, brummt Fliederfloh dazwischen. „Damals wurden Pferde und Ponys noch sehr schlecht behandelt. Sie mussten schuften, bis sie tot umfielen. Zu dieser Zeit gab es noch keine Autos oder Traktoren. Der Gedanke, dass Pferde und Ponys auch Gefährten sein könnten, kam da fast niemandem. Deshalb hat sich auch keiner für das Buch interessiert. Bis auf die Gräfin Trippelwick. Sie hatte ebenfalls die Gabe. So lernten sich die beiden kennen. Und später gründeten sie die Schule."

„Ah!", macht Annie. „Hängt ihr Gemälde nicht in der großen Eingangshalle? Ihr wisst schon, das riesige Bild mit den zwei Reitern. Der Mann hat einen Ziegenbart und ein Buch unterm Arm, und die Frau im rubinroten Kleid reitet im Damensitz. Das sind bestimmt Teddy Wiggelbi und die Gräfin Trippelwick. Die zwei Pferde sehen genauso aus wie die unten am Tor und auf dem Schulwappen. Nur …", sie schüttelt ihre dunklen Ringellocken, „was hat das mit dem Dieb zu tun?"

Möhrentrude seufzt dramatisch. „Ich glaube, der Geist von Teddy Wiggelbi spukt hier neuerdings herum. Wenn es dunkel wird, leuchtet es in seinem alten Haus auf der Flüsterinsel seltsam. So milchig und wabernd! Als wäre sein Geist zurückgekehrt, weil er keine Ruhe findet …"

Dana hebt die Augenbrauen. „Teddy Wiggelbis Geist? So ein Schwachsinn. Es gibt keine Geister. Und überhaupt! Warum sollte der denn zurückkommen?"

„Vielleicht mag er ja Zauberzucker“, sagt Frida und grinst.

Die Mädchen kichern.

Doch Möhrentrude blickt sie mit furchtvollen Augen an. „Das ist nicht zum Lachen. Kennt ihr etwa die Legende nicht? Seit er tot ist, ist auch das Buch verschwunden. Und solange es nicht gefunden wird, kann sein Geist keine Ruhe finden. Es ist Teddy Wiggelbis Pflicht, das Buch für die Schule aufzuspüren, um sein Wissen weiterzugeben. Auch Direktor Hillbatten sucht schon lange danach.“

Frida prustet los. „Und zur Stärkung hat der Geist dann mal eben ein paar Popflis gestohlen?“

„Jaaa“, raunt Tille, und ihre Augen werden kreisrund. „Warum nicht? Das erklärt zumindest, warum nur Zauberzucker gestohlen wurde. Ihr wisst, was Zauberzucker bewirkt: Magie!“

Danas blonder Pferdeschwanz wippt, als sie sich wütend zu Tille umdreht. „Hör mal, du hast versprochen, mit dem Unsinn aufzuhören! Außerdem weißt du genau, dass Popflis nichts können! Das hat sich Herr Kramer nur ausgedacht, damit er möglichst viele davon verkauft. Popflis haben keine Wirkung, keine einzige Sorte. Und der Zauberzucker schon gar nicht.“ Sie blickt auf Fliederfloh. „Sonst wäre er längst ein Einhorn, so viel wie er davon gefuttert hat.“

„Stimmt“, nuschelt der Miniklops.

„Und wie erklärt ihr euch dann dieses Licht?“, fragt Tille verträumt.

„Glaubt ja nicht, ich habe mir das bloß eingebildet“, wimmert Möhrentrude.

Annie fühlt sich vor Neugierde ganz kribbelig.

„Der Geist von Teddy Wiggelbi, das klingt sehr verdächtig“, flüstert sie Henry ins Ohr. „Wir sollten als Nächstes auf der Insel nach Beweisen suchen, findest du nicht?“

„So ein Ponyzufall!“, wiehert Annies Gefährtenpony. „Genau dasselbe habe ich auch grade gedacht.“

Marmorkuchen mit Pepperoni

„Schaut mal“, wiehert Henry, als sie kurze Zeit später den Hufeisensee halb umrundet haben. Von dieser Seite aus ist die Flüsterinsel bloß einen Ponysprung entfernt. „Da liegt was im Matsch!“

„Zauberzucker“, sagt Annie aufgeregt, als sie die bläulich schimmernden Zuckerwürfel im aufgeweichten Boden entdeckt. „Der Dieb versteckt sich also wirklich auf der Insel?!“

„Huch“, murmelt Sturmtanz und beginnt neben Henry hin und her zu tänzeln. Die Geschichte von Teddy Wiggelbis Geist scheint Fridas Gefährtenpony ganz schön aufzuregen. „Was ist, wenn es doch ein Gespenst ist? Ein gruseliges, gefährliches?“

„Gefährlich ist nur der Matsch hier“, murrt Fliederfloh, der bis zum Bauch in Morast versinkt bei dem Versuch, an den Zauberzucker heranzukommen.

Hastig springt Tille von seinem Rücken. *Gwaaatsch!* Auch sie landet im Schlamm, und der Zauberzucker versinkt im Morast.

„Igitt“, stöhnt Dana und lenkt Mirrora zurück auf den befestigten Uferweg. „Das ist ja ein echter Sumpf. Von hier aus kann der Dieb niemals auf die Insel gekommen sein. Passt bloß auf, wo ihr hintretet!“

„Anders geht es aber nicht“, stellt Frida fest und zeigt auf die spitzen Felsen und Bäume, die die Insel fast vollständig umranden. „Man kann nur an dieser Stelle rüber.“

Annie blickt auf den Sumpf und das Wasser, das zwischen dem Ufer und der Insel liegt. Wäre der Boden nicht so schlammig, könnte man mit ein wenig Anlauf rüberspringen.

„Aber wie soll das gehen, wenn man vorher versinkt?“

„Na, mit Zauberzucker“, erklärt Tille träumerisch. „Und Magie!“

Alle lachen. Doch dann begreift Annie, dass Tille das ernst gemeint hat.

„Ach, Tille, du glaubst doch nicht wirklich an

das, was Möhrentrude gesagt hat. Der Geist von Teddy Wiggelbi, so ein Quark!"

Tille zuckt mit den Schultern. „Das ist aber die einzige Erklärung. Der Dieb ist wie durch Zauberei über den Sumpf und das Wasser marschiert."

Annie runzelt die Stirn.

„Was ist?", fragt Henry.

„Vielleicht übersehen wir was", murmelt sie und steigt ab. Vorsichtig wagt sie sich ein paar Schritte nach vorn, dorthin, wo der Zauberzucker lag. Schon sinkt sie mit ihren Reitstiefeln ein. Aber dann sieht sie etwas. „Da!", ruft sie. „Im Matsch liegt eine Eisenkette!"

„Du hast recht!" Frida springt ab und kommt zu ihr. Fasziniert betrachten die Freundinnen die uralte Eisenkette. „Die muss noch von Teddy Wiggelbi sein", raunt Frida, als wäre sie wieder Sherlock Holmes. „Wenn du mich fragst, ist sie handgeschmiedet. Bei uns zu Hause auf dem Bauernhof liegen auch solche auf dem Speicher rum. Aber die sind längst kaputt. Ob die hier noch funktioniert? Ich wüsste ja zu gern, wofür die ist."

„Ich auch!“ Annie grinst und pult das Ende der Eisenkette aus dem Schlamm. Sie zieht daran. Nichts passiert. Frida springt ihr zu Hilfe, und auch Tille watet zu ihnen. Sogar Dana packt mit an. Die vier Mädchen ziehen und ziehen. Aber die Eisenkette bewegt sich kein Stück.

„Wir würden ja gern helfen“, wiehert Henry besorgt vom Weg aus. „Aber dafür bräuchten wir ein Brustgeschirr. Dann könnten wir die Kette bestimmt aus dem Sumpf ziehen. Ponys können so was …“

„Guckt mal, wer da im Anmarsch ist!“, quietscht Fliederfloh dazwischen.

Hastig dreht sich Annie um. Am Uferweg kommen gerade die Marmorkuchenjungs auf sie zu. Pepper und Roni ziehen sie an einem langen Seil hinter sich her, ein bisschen wie bei einer Kutsche. Nur dass Pablo und Niklas auf Inlineskates stehen.

„Gönnt ihr euch eine Schlammpackung?“, ruft Pablo, als er die Mädchen entdeckt.

Niklas grinst. „Nö, ich glaube, die lassen grade die Popflis verschwinden, die Fliederfloh und Tille gemopst haben!“

„Tun wir gar nicht“, schimpfen Tille und Fliederfloh im Chor.

„Dann doch Schlammpackung.“ Pablo lacht. „Steht euch gut!“

„Haha, sehr witzig“, sagt Dana. „Ist euch Reiten zu langweilig geworden, oder warum lasst ihr euch neuerdings von Pepper und Roni durch die Gegend ziehen?“

Die Marmorkuchenjungs strahlen über das ganze Gesicht. „Habt ihr die neuesten Neuigkeiten aus Trippelwick noch gar nicht gehört? Wir sind in eine Pofu-Schulmannschaft aufgenommen worden! In die rubinrote, wenn ihr es genau wissen wollt! Die taubenblaue kann sich ab jetzt

also warm anziehen. Denn das, was wir hier machen, ist Krafttraining vom Feinsten."

„Oh!", ruft Annie und strahlt die beiden an. „Wenn ihr so stark seid, dann könnt ihr uns ja kurz helfen." Begierig blickt sie auf Pepper und Roni, denn beide tragen ein Brustgeschirr. Genau das, was sie brauchen!

Die Marmorkuchenjungs rümpfen die Nase. Doch als Annie von ihrer Vermutung erzählt, dass sich der wahre Popfli-Dieb auf der Insel befindet, werden sie neugierig. Umso mehr, nachdem Frida ihnen Teddy Wiggelbis alte Eisenkette im Wasser zeigt. Im Gegensatz zu den Mädchen kennen die

Marmorkuchenjungs die Legende rund um die Flüsterinsel schon lange.

„Vielleicht hängt ja da das Buch dran", sagen sie mit leuchtenden Augen. „Und wir kriegen einen Finderlohn!"

Auch Pepper und Roni, die zwei frechen Huzulenponys der Jungs, sind Feuer und Flamme. Mit dem Brustgeschirr und dem langen Seil ziehen sie die Eisenkette Zentimeter für Zentimeter aus dem Sumpf. Alle starren gebannt auf das Geblubber im Schlamm. Nach und nach kommen alte Holzbalken zum Vorschein, die an der Kette befestigt

sind. Wie durch Zauberhand verbinden sie nun das Seeufer mit der Flüsterinsel.

„Wahnsinn", jubelt Annie, „wir haben Teddy Wiggelbis Brücke gefunden! Ponytastisch!"

„Und sie ist noch total in Schuss", staunt Frida. „Das liegt garantiert am Moor. Alles, was darin verschwindet, wird luftdicht verschlossen. So konnte das Holz über die Jahre nicht morsch werden."

„Wie bei Moorleichen", rufen die Marmorkuchenjungs.

Sturmtanz' Augen werden tellergroß. „Doch nicht etwa Ponymoorleichen?", wiehert sie angeekelt.

„Quatsch", sagt Frida schnell. „Die wollen dich bloß aufs Korn nehmen."

„Ja, von wegen Magie", sagt Dana und rollt mit den Augen. „So ist Teddy Wiggelbi damals auf die Insel gekommen. Und jetzt der Popfli-Dieb."

„Dann ist der aber ganz schön stark", meint Tille. „Bestimmt wegen des Zauberzuckers!" Alle starren sie an. Sie verzieht das Gesicht zu einem Grinsen. „War doch nur ein Witz!", trällert sie.

Die Kinder lachen.

„Und jetzt?“, fragt Pablo.

Annie holt tief Luft. „Na, wir gehen rüber“, antwortet sie tapfer, auch wenn sie sich plötzlich gar nicht mehr so mutig fühlt. Immerhin haben sie noch gar keine Ahnung, wer der Popfli-Dieb sein könnte. Aber wenn sie Tille und Fliederfloh helfen wollen, dürfen sie nicht kneifen.

Niklas’ Augen werden groß, als er merkt, dass Annie es ernst meint.

„Was? Du willst auf die Insel? Spinnst du?! Dort ist es voll sumpfig grade wegen des vielen Regens. Und außerdem … was, wenn dort wirklich der Dieb wohnt?“

„Ihr werdet doch nicht Angst vor Teddy Wiggelbis Geist haben?“ Frida grinst, und ihre braunen Zöpfe wackeln keck.

Auch Pepper und Roni schalten sich ein.

„He, Jungs! Das riecht nach Abenteuer. Wir haben die Schufterei hier ganz alleine gemacht, jetzt wollen wir auch beim Rest dabei sein. Ihr etwa nicht?“

„Von mir aus“, mault Pablo und klettert auf Peppers Rücken.

„Na gut“, grunzt Niklas und reiht sich mit Roni hinter Annie und Henry ein. „Aber ihr geht zuerst!“

Annie kann sich ein Grinsen nicht verkneifen. Sind wohl doch nicht so mutig, die beiden, denkt sie und treibt Henry tapfer voran.

Auf der Flüsterinsel

Im Ponymarsch stapfen sie nacheinander über die alte Brücke. Hie und da krachen die Balken bedrohlich unter dem Gewicht. Vor allem, als Fliederfloh mit Tille an der Reihe ist. Aber die Brücke hält.

Als alle heil drüben angekommen sind, atmet Annie auf und sieht sich um. Dabei läuft ihr gleich der nächste Schauer über den Rücken. Die Insel wirkt ganz schön unheimlich. Auch hier müssen sie höllisch aufpassen, wohin sie treten. Überall blubbert und gluckert es. Dicke Nebelfetzen kriechen über das Moor. Die Sonne, die vorhin auf der Terrasse des Möhrencafés noch so herrlich geschienen hat, wird hier vom Inseldickicht verschluckt.

„Jetzt weiß ich, warum die Insel *Flüsterinsel* heißt", raunt Annie den anderen zu. „Man fängt automatisch an zu flüstern."

„Ja, total unheimlich hier", keucht Sturmtanz.

Auch Mirrora wirkt nervös. Die braune Stute mit der lackschwarzen Mähne kann Dunkelheit nicht ausstehen. Und je dichter sie jetzt in den Inselwald reiten, umso düsterer wird es.

„K-können w-wir nicht u-umkehren?", bibbert sie. „Was ist, wenn wir v-versinken?"

„Dann ziehen wir dich wieder raus", wiehern Pepper und Roni. „Mach dir nicht ins Fell, Mirrora. Wir haben doch Seile dabei!"

„Na t-toll, jetzt f-fühle ich mich g-gleich besser", wiehert Danas Gefährtenpony empört und wirft Pepper und Roni einen wütenden Blick zu.

Auch wenn sich Annie auf Henrys Rücken so sicher fühlt wie nirgendwo sonst, ist sie heilfroh darüber, dass die Marmorkuchenjungs mitgekommen sind. Es tut gut zu wissen, dass Pepper und Roni sie im Notfall retten können.

Sie treibt Henry einen Weg entlang, der sich zwischen den Bäumen hindurchschlängelt. Mit jedem Schritt wird es noch dunkler, und Annie greift in seine silberne Mähne.

„Keine Sorge", schnaubt Henry unter ihr. „Ich pass schon auf dich auf."

„Und ich auf dich“, sagt sie und fühlt sich prompt besser. Henry und sie denken eben gleich. Das ist wahre Ponyflüsterei!

Ihre Freundinnen haben da gerade nicht so viel Glück. Fridas Sturmtanz trippelt nervös. Auch Dana hat mit Mirrora alle Hände voll zu tun. Fliederfloh und Tille gehen als Schlusslicht und zockeln murrend hinter den Jungs auf Pepper und Roni her.

„Habt ihr das gesehen?“, ruft Pablo plötzlich. „Dort vorne. Hinter den Bäumen, da war so ein … Licht …“

Annie folgt seinem Blick. Tatsächlich, da schimmert etwas im Dickicht.

„Teddy Wiggelbis Geist“, haucht Tille, und ihre Augen werden riesig. Mit ihren Elfenhaaren sieht sie beinahe selbst wie ein Gespenst aus. Na ja, bis auf den Reithelm auf ihrem Kopf.

Annie zwingt sich zu einem Lachen.

„Quatsch“, sagt sie schnell. „Das war doch nur ein Sonnenstrahl.“ Doch dann sieht sie es wieder. Vor ihnen leuchtet etwas im Gebüsch. Fast silbern, als wäre der Mond vom Himmel gefallen.

Genauso, wie Möhrentrude gesagt hat. Jetzt bewegt sich das Licht auch noch.

„Oh nein!“, entfährt es Frida. Annies sonst so mutige Freundin wird auf einmal kreidebleich. „Ich weiß, was das ist. Meine Brüder hatten recht! Es gibt sie also doch!“

„Geister?“, piepst Sturmtanz.

„Nein, Irrlichter“, haucht Frida. „Sie sind in Wäldern und Sümpfen zu Hause und wollen die Menschen in die Irre führen. Als ich noch klein war, haben meine Brüder gesagt, die Irrlichter warten nur auf mich, um mich zu holen …“

„Irrlichter existieren nicht“, murrt Fliederfloh von hinten. „Und Geister schon gar nicht. Deine Brüder haben dich verponyäppelt!“ Mutig stapft er nach vorn und bleibt neben Henry stehen.

Von seinem Rücken starrt Tille wie gebannt auf das Leuchten. „Es ist wunderschön“, haucht sie.

„Na ja, zumindest ist es nicht du-dunkel“, bibbert Mirrora und drängt sich dicht an die anderen.

Vorsichtig stapfen die Ponys auf das Licht zu. Da verschwindet es mit einem Mal. Stattdessen ist ein schauriges Knurren zu hören. Es fährt Annie durch Mark und Bein. Sogar Henry zuckt unter ihr zusammen.

„Habt ihr das gehört?“, raunt sie.

„Wir sind ja nicht taub“, murrt Fliederfloh.

Pepper und Roni spitzen wachsam die Ohren.

Nur Tille wirkt nicht erschreckt, sondern eher fasziniert. Ihre Wangen glühen. Ihre Augen sind noch glasiger als sonst. Das seltsame Schimmern von vorhin spiegelt sich in ihren Augen, und das sieht richtig unheimlich aus.

„Alles okay bei dir?“, fragt Annie unsicher.

„Wunderschön“, haucht Tille wieder und lenkt Fliederfloh direkt auf das Dickicht zu, aus dem das Leuchten und das Knurren kam. Als würde sie magisch davon angezogen.

„Pass auf!“, ruft Annie und will sie aufhalten. Doch es ist zu spät!

Schon ist sie an ihr vorbeigeritten und zwischen den Bäumen verschwunden. Und mit ihr der arme Fliederfloh!

Ein Wolf mit Taschenlampe

Annie starrt entsetzt auf die Stelle, an der Tille verschwunden ist. Ausgerechnet dort schlängelt sich der Nebel besonders dicht über das feuchte Moos. Und sehen die Bäume nicht so aus, als hätten sie Greifarme? Ihr kriecht Gänsehaut über den Rücken.

„Hat die einen Knall?“, kreischt Niklas da auch schon. „Warum hat sie das gemacht? Was ist, wenn Fridas Brüder recht hatten?“

„Oder Möhrentrude“, wiehert Sturmtanz.

„Oder es ist ein W-wolf?“, wimmert Mirrora. „Mit T-taschenlampe!“

Das holt Annie aus der Erstarrung und bringt sie zum Lachen.

Auch Henry entspannt sich.

„Einen Wolf mit Taschenlampe habe ich noch nie gesehen“, wiehert er. „Außerdem …“, er schnüffelt am Boden, „riecht es hier eindeutig nach Pony.“ Er geht ein paar Schritte weiter voran. „Sag ich doch!“

Vor ihnen liegen Ponyäpfel mitten auf dem Weg.

„Vielleicht hatte Fliederfloh ja die Hosen voll“, wiehern Pepper und Roni frech.

„Nein“, sagt Henry und schüttelt seine Silbermähne. „Die hier sind von einem anderen Pony. Die riechen ganz anders!“

„Der Dieb ist ein *Pony*?“, ruft Frida erleichtert. Endlich kommt wieder Farbe in ihr Gesicht.

Darüber ist Mirrora sichtlich erleichtert. Und Sturmtanz ebenfalls.

„Dann kann der Dieb nicht böse sein. Ponys sind lieb“, wiehert sie.

Alle lachen. Das tut gut. Und bringt obendrein Mut. Neugierig reiten sie weiter. Bald sind auch Hufspuren im Matsch zu sehen.

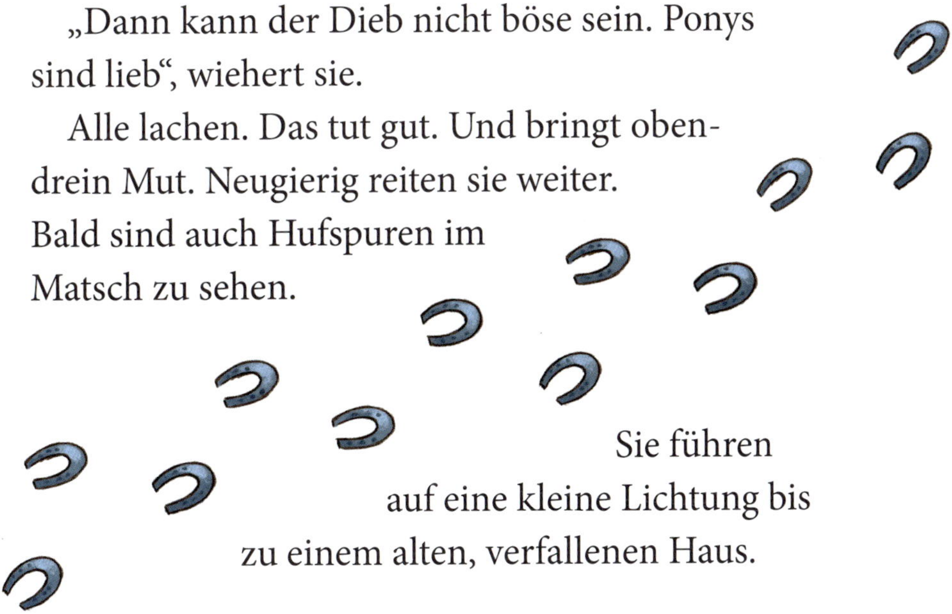

Sie führen auf eine kleine Lichtung bis zu einem alten, verfallenen Haus.

„Das ist das Haus von Teddy Wiggelbi“, flüstert Dana hinter Annie. „Meine Mutter hat mir mal davon erzählt, als ich wissen wollte, warum unsere Gabe so geheim bleiben muss. Da hat sie gesagt, dass die Leute Teddy Wiggelbi damals für verrückt hielten, als er behauptete, er könne mit Pferden sprechen. Sie haben ihn *Spinner* genannt und wollten nichts mehr mit ihm zu tun haben. Also hat er sich hier auf der Insel in seinem Haus eingeschlossen und sein Buch geschrieben.“

Annie nickt. Für sie ist glasklar, warum die Schule und ihre Gabe geheim bleiben müssen. Es ist noch nicht lange her, da hat sie selbst geglaubt, sie wäre plemplem, als dieses süße Minipony im Garten stand, mit einem Zylinder auf dem Kopf, und mit ihr plaudern wollte. Später stellte sich zum Glück heraus, dass es Archibald Hillbatten war, der Schuldirektor von Trippelwick höchstpersönlich – und natürlich, dass Annie nicht plemplem ist.

„Das Haus wäre doch ein gutes Versteck für den Dieb“, meint Henry und holt Annie aus ihren Gedanken.

„Stimmt“, sagt sie und rutscht von seinem

Rücken. Vorsichtig geht sie ein Stück näher. Das Haus sieht ziemlich heruntergekommen aus. Efeu wächst an den Mauern, und das Dach ist an einer Seite eingefallen. Als sie durch ein Fenster späht, sieht sie im Inneren des Hauses eine Wolldecke auf dem Steinboden. Und gleich daneben liegt … ein Haufen Zauberzuckerwürfel!

Raschel-raschel! Hinter Annie bewegen sich plötzlich die Zweige. Etwas kommt aus dem Gebüsch auf sie zu.

Alle zucken zusammen. Ist das der Dieb?

Im nächsten Moment seufzt Annie auf. „Ihr seid es", ruft sie erleichtert, als sie Tille und Fliederfloh erkennt. „Alles okay bei euch?"

Tilles Augen sind noch immer glasig. „Ihr werdet es nicht glauben", säuselt sie verträumt. „Niemals werdet ihr mir das glauben …"

„Hä? Was ist denn mit der los?", wundert sich Pablo.

„Vielleicht hat sie zu viel Sumpfluft geschnuppert", kräht Niklas.

„Sehr witzig", sagt Fliederfloh und kommt vor ihnen zum Stehen. „Mädchen, mach es nicht so spannend. Sag ihnen, was wir herausgefunden haben."

„Der Dieb ist ein Pony, das wissen wir längst", meint Mirrora wichtig.

Auf Tilles Gesicht breitet sich ein Strahlen aus. „Nein, noch besser. Er ist ein … ein … Einhorn", wispert sie schließlich.

„Oh nein“, stöhnt Dana. „Jetzt geht das schon wieder los!“

„Sag ich doch. Zu viel Sumpfluft.“ Niklas grinst.

„Nein, ehrlich“, säuselt Tille und strahlt nur noch mehr.

„Sie sagt die Wahrheit“, brummt Fliederfloh. „Ich kann’s bezeugen.“

„Im Ernst?!“, rufen Annie und Henry gleichzeitig.

Der Miniklops nickt. „Na ja, zumindest nehmen wir das an. Ich habe ja auch noch nie ein echtes Einhorn gesehen. Kenne sie nur vom Hörensagen. Sollen wilde Gesellen sein. Obendrein ist dieses hier, na ja, auch etwas *scheu*. Ihr müsst also vorsichtig mit ihm sein, sonst kommt es nicht raus.“

Annie und die anderen nicken verdattert.

„Los, ruf ihn“, sagt Fliederfloh zu Tille.

Tille rutscht von seinem Rücken und beginnt auf Einhornisch zu brummen und zu knurren.

Lange Zeit passiert nichts. Doch dann raschelt es erneut im Gebüsch.

Einhorn oder Keinhorn

Es dauert einen Moment, dann schiebt sich der zottelige Kopf eines Ponys aus dem Dickicht. Es ist über und über mit Blättern und Schlamm bedeckt. Die Mähne, die bestimmt irgendwann mal weiß war, ist schrecklich verfilzt.

Annie klappt der Mund auf. Das soll ein Einhorn sein? Sie hat sich Einhörner ganz anders vorgestellt. Irgendwie … schöner! Das hier sieht eher aus wie ein Schlammmonster auf vier Beinen. Es hat nicht mal ein Horn auf der Stirn! Doch das wird zur Nebensache, als sie dem Schlammmonster in die Augen blickt. Die gucken furchtbar traurig!

Tille sagt etwas Knurriges auf Einhornisch. Daraufhin wagt sich das Schlammmonster ganz aus dem Dickicht und stellt sich vorsichtig neben sie.

Annie seufzt. „Oje, der ist ja furchtbar abgemagert! Deshalb hat er den Zauberzucker aus dem Haferladen gestohlen. Weil er Hunger hat! Das wird Herr Kramer bestimmt verstehen.“ Eilig kramt sie ein paar *Wald*hauch-Popflis hervor, die sie immer für Henry in der Tasche hat, und hält sie dem Schlammmonster vor die Nüstern.

Wie ein ausgehungerter Gorilla schnappt es nach Annies Hand.

„Huch! Du bist aber stürmisch.“ Annie weicht einen Schritt zurück.

Das Schlammmonster knurrt.

Auch wenn sie im Sprachunterricht bei Mister Mungumu noch nicht viele Einhornvokabeln gelernt haben, ein bisschen was versteht Annie doch.

„War das *Danke*? Auf Einhornisch?“, fragt sie verblüfft.

Tille nickt.

„Wenn das ein Einhorn sein soll, fresse ich einen Stallbesen“, raunt Niklas Pablo zu.

Das Schlammmonster funkelt ihn böse an.

„Na, dann wünsche ich *Guten Appetit*!“, sagt es mit rauer Stimme.

Alle reißen vor Staunen die Augen auf.

„Du kannst Ponysprache?“, japst Tille.

„War ja klar … weil es ein Pony ist! Der hat doch auch überhaupt kein Horn“, sagt Niklas. „Und keine Flügel …“

Das Schlammmonster schnaubt. „Einhörner

haben keine Flügel, und die meisten von uns sprechen eure Sprache. Und was mein Horn angeht …“ Es senkt den Kopf.

Da sieht Annie die Narbe auf seiner Stirn.

„Es ist abgebrochen, oder?“, fragt sie leise.

Das Schlammmonster nickt.

Tilles glasige Augen füllen sich mit Tränen. „Oh! Das ist ja schrecklich! Das tut mir so leid für dich!“ Sie wirft sich an den Hals des Schlammmonsters. Das fletscht vor Schreck die Zähne. Annie hält die Luft an. Was hat Mister Mungumu in Ponygeschichte noch mal gesagt? Einhörner sind wild und unberechenbar. Hat Tille etwa wirklich ein *echtes* Einhorn gefunden?

„Du bist kein Einhorn“, behauptet Pepper, und Roni ergänzt: „Du bist ein *Keinhorn*!“ Die Huzulenponys wiehern vor Lachen.

Das Einhorn legt die Ohren an und sieht sogar noch wilder aus. „Wagt es ja nicht, mich so zu nennen!“, faucht es.

„Sie haben das nicht so gemeint“, säuselt Tille verträumt. „Du bist wunderschön! Auch ohne Horn!“

„Genau wegen solchen Weichbirnen bin ich von zu Hause weggelaufen. Dort haben sie mich auch *Rupert Keinhorn* genannt …"

„Du heißt Rupert?", fragt Frida neugierig.

„Rupert-Rasputius, wenn ich bitten darf", antwortet das Einhorn streng.

„Okay", sagt Frida.

Doch Tille runzelt die Stirn. „Rupert-Rawuzi … wie? Das merk ich mir doch nie! Weißt du was, ich nenne dich einfach *Rupi*. Das klingt ohnehin besser!" Sie strahlt so sehr, dass nicht mal Rupert-Rasputius ihr widerspricht.

„Es gibt euch also wirklich?", murmelt Dana ungläubig.

„Natürlich gibt es uns", faucht Rupi. „Was für eine dämliche Frage. Wir gehen Menschen nur lieber aus dem Weg. Und Ponys und Pferden auch." Er schielt zu Pepper und Roni.

„Und warum bist du dann ausgerechnet hier?", wundert sich Henry.

Das Einhorn blickt sich ratlos um. „Das weiß ich auch nicht so genau. Bin einfach von zu Hause weggelaufen, weil ich es in meiner Herde nicht mehr ausgehalten habe. Diese ständigen Lästereien! Als wäre es nicht schon schlimm genug, dass mein Horn bei einer Rangelei abgebrochen ist. Für meine Herde bin ich jetzt kein Einhorn mehr.“ Er schnieft. „Ich wusste nicht, wohin ich gehen sollte, also bin ich den Sternen gefolgt. Die Sterne sind unsere Landkarte. In den Bergen, da, wo ich herkomme, gibt es nur Schnee und Eis. Die Sterne aber helfen uns bei der Orientierung.“

„Heiliges Einhorn!“, trällert Tille. „Da haben dir die Sterne ja den perfekten Weg gezeigt. In Trippelwick bist du genau richtig. Hier dreht sich alles um Einhörner …“

„Na ja“, wendet Annie ein. „Eigentlich ist es eine Schule für Pony- und Pferdeflüsterer.“

„Deshalb könnt ihr mich also verstehen“, knurrt Rupi. „Ich hab mich schon gewundert. Menschen sind sonst nicht so. Sie glauben, wir Einhörner pupsen Regenbogen und hüpfen von Wolke zu Wolke!“

„Tut ihr nicht?“, haucht Tille und fängt sich einen wütenden Blick von Rupi ein. „Ich meine, schon klar, ihr pupst keine Regenbogen. Das weiß doch jeder. Aber das mit den Wolken …" Ihr Blick wird ganz verträumt. „Also, fliegen tut ihr doch schon. Das habe ich in meinen Träumen gesehen …"

Rupert-Rasputius' Augen werden so schmal wie der Augenschlitz einer Ritterrüstung. Inzwischen ist Annie sicher, dass da vor ihr tatsächlich ein echtes Einhorn steht. So wild und knurrig könnte ein Pony niemals gucken! Nicht mal Fliederfloh, wenn er Hunger hat.

„Sehe ich vielleicht aus wie ein Flugzeug? Hör mal, wir Einhörner sind so magisch wie ein Hirschkäfer, kapiert?!"

Tille klappt der Mund auf. „Oh, Hirschkäfer sind toll! Ich hatte mal einen als Haustier!" Sie strahlt von einem Ohr zum anderen.

Typisch Tille! Mühsam unterdrückt Annie ein Lachen.

„Ernsthaft?" Rupi lugt überrascht unter der Schlammmähne hervor. „Du findest Hirschkäfer toll und träumst von

Einhörnern?“ Er scheint zu überlegen. „Dann wirst du mich nicht verpetzen?“

„Niemals“, ruft Tille. „Und meine Freunde auch nicht!“ Sie blickt die anderen flehend an.

Annie, Frida und Dana nicken. Ponys in Not zu helfen, das ist ihre Pflicht. Auch wenn Rupi streng genommen kein Pony ist. Selbst Pablo und Niklas stimmen zu.

„Nur das mit dem Stehlen muss aufhören“, wiehert Pepper. „Sonst kriegen wir in Trippelwick alle noch Ärger wegen dir!“

„Und was soll er bitte schön fressen?“, klagt Tille.

Zur Überraschung aller grinsen die Marmorkuchenjungs. „Das lasst mal unsere Sorge sein! Lehrling Ottokar schuldet uns noch einen Gefallen. Wir haben ihn neulich dabei ertappt, wie er sich im Heulager vor Stallmeister Dorn versteckt hat, weil der ihm schon wieder die ganze Arbeit aufhalsen wollte. Netterweise haben wir ihn nicht verpfiffen. Ottokar wird also bestimmt ab und zu eine Ladung Heu für euch beiseiteschaffen. Nur auf die Insel müsst ihr es dann selbst bringen, wir haben ja Pofu-Training.“

„Das würdet ihr tun?“, haucht Tille gerührt.

Auch Annie ist baff.

Die Marmorkuchenjungs können manchmal richtig nett sein!

Hell wie Sternenlicht

In den nächsten Tagen haben die Freundinnen und ihre Gefährten alle Hände und Hufe voll zu tun. Es ist ganz schön anstrengend, das viele Futter auf die Flüsterinsel zu schmuggeln! Immerhin haben sie ja auch Schule. Tests und Prüfungen. Und Hausarbeiten.

Abends ist Annie total kaputt. Das Ponytelefon schweigt. Auch Henry ist müde. Und die anderen Gefährtenponys ebenso. Das viele Heuschleppen sind sie nicht gewohnt. Doch die Mühe lohnt sich. Rupert-Rasputius hält Wort und geht nicht mehr auf Diebeszug ins Dorf. Obendrein sieht er schon viel gesünder aus.

„Morgen nehme ich mein Putzzeug mit“, beschließt Tille vor dem Zubettgehen. „Dann wird er noch besser aussehen.“

Annie gähnt. „Wie du meinst“, murmelt sie.

In ihrem Bett ist es schön kuschelig, und sie ist

viel zu schläfrig, um noch länger über das zottelige Einhorn nachzudenken. Draußen prasselt der Regen an die Turmfensterscheiben. Ganz schwach leuchtet wieder das seltsame Licht. Doch kaum hat sie das bemerkt, ist Annie schon eingeschlafen.

Auch am nächsten Morgen schüttet es wie aus Kübeln. Dicke Regentropfen klatschen gegen die Fensterscheiben der Villa. Auf dem Reitplatz hat sich ein kleiner See gebildet. Auch der Springplatz steht unter Wasser. Keiner von ihnen hat Lust, bei diesem Wetter ins Dorf zu reiten. Und schon gar nicht auf die Flüsterinsel. Na ja, bis auf Tille. Was bleibt Annie, Frida und Dana da anderes übrig? Sie können den armen Rupi schließlich nicht im Stich lassen. Und Tille schon gar nicht.

Der Wind peitscht den Regen über den Hufeisensee. Möhrentrude hat die ersten Kürbisse des Jahres auf die Terrasse gestellt. Der Herbst zieht ins Land und mit ihm die Kälte. Annie ist halb durchgefroren, als sie die Brücke erreichen.

Angewidert macht Henry davor halt.

„Die steht ja unter Wasser“, murrt er.

Tatsächlich ist die Brücke schon ein Stück weit

im Schlamm versunken. Während die vier Freundinnen ratlos auf sie starren, schwappt immer mehr Moorwasser über die Planken.

„Igitt!“, kreischt Mirrora und weicht zurück. „Ich bin ein Dressurpony. Ich muss auf meine Beine achten. Ich laufe da nicht rüber!“

„Ich auch nicht“, wiehert Sturmtanz schrill. „Das ist total gefährlich!“

„So kann es ohnehin nicht weitergehen“, bibbert Frida unter ihrer Reitkappe. „Das Wetter soll nächste Woche noch schlechter werden. Ich glaube kaum, dass die alten Balken das noch lange mitmachen.“

„Und was wird dann aus Rupi?“, fragt Tille. „Soll er sich vielleicht in der Heuhöhle verstecken?“

Annie kichert. „Gar keine so üble Idee! Hier kann er schließlich nicht ewig bleiben.“

Auch wenn Rupi Schnee und Kälte gewohnt ist, ist die Flüsterinsel kein behaglicher Ort. Nicht mal für ein so wildes Einhorn wie ihn.

Frida überreicht Annie ihren Rucksack, der vollgestopft ist mit Heu.

„Bringt ihm erst mal sein Futter. Dana und ich

reiten zurück und begutachten die Heuhöhle. Vielleicht ist sie ja wirklich einhorntauglich …"

Daraufhin holt auch Dana rasch die Äpfel vom Frühstück aus ihrer Tasche und überreicht sie Tille.

Annie und Tille nicken. Etwas Besseres fällt ihnen im Moment auch nicht ein. Frida und Dana reiten also zurück in Richtung Schule, während Henry und Fliederfloh mutig durch das Moorwasser stapfen. Auf der Flüsterinsel ist es matschig wie nie.

„Hatschi!", hallt es durch den prasselnden Regen.

„Warst du das?" Annie sieht Tille fragend an.

Die schüttelt besorgt den Kopf und treibt Fliederfloh im Eiltempo zu Teddy Wiggelbis Haus.

Das kaputte Dach hat dem Regen nicht standgehalten – überall tropft Wasser von den Wänden. Annie entdeckt Rupi auf einer klitschnassen Wolldecke. Sie merkt sofort, dass es ihm nicht gut geht. Er fletscht nicht mal die Zähne, als sie den Raum betreten, und er hat eindeutig Schüttelfrost.

„Oje, er ist erkältet!" Tille kniet neben Rupi und

sieht verzweifelt zu Annie hoch. „Was machen wir denn jetzt?“

Annie seufzt unter ihrer Regenkapuze. „Die Idee wird dir nicht gefallen. Sie wird euch beiden nicht gefallen. Aber ich glaube, es ist höchste Zeit Hilfe zu holen!“

Frida hat recht. So kann es nicht weitergehen!

Zum Glück ist der Tierarzt zu Hause. Als Annie und Henry an seine Tür klopfen und ihm sagen, dass es einen Notfall gibt, stellt er nicht viele Fragen, sondern packt eilig seine Tasche.

Auch Ikarus, Ferdy Ennimells Araberhengst, ist sofort zur Stelle.

„Haben wir einen Einsatz?“, wiehert er, während der Tierarzt auf seinen Rücken klettert. „Wo soll’s denn hingehen?“

„Auf die Flüsterinsel“, antwortet Annie zögernd.

Ikarus schüttelt seinen fuchsfarbenen Kopf. „Bei dem Wetter? Dann kann es sich bei dem Patienten nur um ein Seepferdchen handeln, wiehahaha!“ Damit prescht er los.

Henry stiebt hinterher. Bald hat er Ikarus eingeholt und zeigt ihm den Weg. Als sie bei der Brücke angekommen sind, sieht Doktor Ennimell Annie verwundert an.

„Auf der Insel ist wirklich ein Pony? Bist du dir sicher? Ich kann mir kaum vorstellen, dass jemand aus der Gegend so leichtsinnig ist und bei diesem Wetter die Flüsterinsel betritt.“

„Na ja, eigentlich kommt er auch nicht aus der Gegend“, antwortet Annie ausweichend.

„Ja, vertrauen Sie uns einfach“, wiehert Henry und trabt über die überflutete Brücke.

Ikarus jedoch weigert sich.

„Ich bin ein Wüstenpferd, werter Kollege“,

schnaubt er erbost. „Mich kriegen da keine zehn Ponys durch.“

Annie stöhnt. Genau jetzt kommt auch noch eisiger Wind auf. Sie denkt an den zitternden Rupi, der dringend ihre Hilfe braucht. Was sollen sie jetzt tun?

Da dreht Henry sich um und trippelt auf den Tierarzt zu.

„Klettern Sie auf mein Hinterteil“, sagt er tapfer. „Es ist ja nicht mehr weit. Das schaffe ich schon!“

Wie mutig Henry doch ist, denkt Annie überglücklich. Sie lehnt sich nach vorn, damit Ferdy Ennimell hinter ihr Platz hat. So geht es zu zweit auf Henrys Rücken weiter, während Ikarus gekränkt zurück ins Dorf galoppiert. Schließlich ist er ein stolzes Araberpferd, das sich vor nichts fürchtet … na ja, außer Wasser.

Keiner von ihnen traut sich, etwas zu sagen. Henry muss höllisch aufpassen, wohin er steigt. Nicht nur, dass er jetzt doppeltes Gewicht trägt, auch der Boden ist in der Zwischenzeit noch matschiger geworden.

Als sie endlich das alte Haus erreichen, entdeckt

Annie wieder das geheimnisvolle Leuchten. Vor lauter Aufregung in den letzten Tagen hatte sie es ganz vergessen. Aber jetzt gruselt sie sich umso mehr. Denn das Leuchten … es kommt eindeutig von Teddy Wiggelbis altem Haus! Hat Möhrentrude etwa doch die ganze Zeit die Wahrheit gesagt? Und Teddy Wiggelbis Geist ist auferstanden? Wenn ja, was ist mit Tille? Fliederfloh? Und Rupi? Sie sind ja alle noch drin …

Die Tür fliegt auf, und Tille kommt ihnen entgegengerannt. Ganz blass ist sie um die Nase, und ihre Augen sind riesig.

„Ich habe nichts gemacht. Er leuchtet von ganz allein, ehrlich!", stammelt sie.

„Wer? Teddy Wiggelbi?", haucht Annie und kriegt eine Gänsehaut.

„Nein, Rupi!"

„Rupi?" Henry schnaubt erstaunt. „Es ist Rupi, der leuchtet?"

Tille nickt beklommen. „Vielleicht hat er ja Fieber …"

Doktor Ennimell runzelt die Stirn. „Dieses Leuchten kenne ich doch. Ich habe es schon mal gesehen, oben in den Windbergen, als ich … Moment mal!“ Er blickt Annie entgeistert an. „Ihr habt doch nicht allen Ernstes ein *Einhorn* dort drin versteckt?“

Annie beißt sich auf die Unterlippe. „Und wenn doch?“

Der Tierarzt schluckt. „Darum wollest du also nichts verraten. Das kam mir gleich komisch vor … Ist es denn sehr wild?“

„Gar nicht“, sagt Tille rasch. „Rupi ist ganz lieb. Bitte, Sie müssen ihm helfen!“

„*Rupi?*“ Der Tierarzt schüttelt den Kopf. „Einhörner haben sehr komplizierte Doppelnamen, und sie bestehen immer darauf, dass man sie damit anspricht. In den Windbergen habe ich mal eines getroffen, das hieß Rabanus-Rüdiger. Als wir uns unterhalten haben, hatte ich irgendwann einen Knoten in der Zunge und habe aus Versehen *Rabenkuss-Rüdiger* zu ihm gesagt. Das fand er gar nicht lustig, wollte mich glatt mit seinem Horn aufspießen. Seitdem mache ich um Zungenbrecher und Einhörner einen Bogen!“

Tille zuckt mit den Schultern. „Na ja, er heißt

schon anders, aber Rupi kann ich mir besser merken."

„In Wirklichkeit heißt er Rupert-Rasputius", erklärt Annie.

„Und das lässt er sich gefallen?", staunt der Tierarzt.

Tille nickt. „Klar! Ich hab doch gesagt, Rupi ist ganz lieb!"

„Außerdem hat er kein Horn mehr", meint Fliederfloh, der seinen Kopf nach draußen steckt. „Kommen Sie jetzt endlich? Hier wartet ein Patient auf Sie!"

Doktor Ennimell seufzt. „Also gut! Ich versuche es." Tapfer stapft er hinter Tille ins Haus.

Kaum ist er eingetreten, verschwindet das Leuchten. Rupi knurrt wild, als er den fremden Mann auf sich zukommen sieht.

„Doktor Ennimell will dir nur helfen!", versucht Tille ihn zu beruhigen. „Sei ja brav, hörst du?"

Rupi fletscht die Zähne, hält aber ansonsten still. Er wirkt ohnehin viel zu schlapp, um Rabatz zu machen. Außerdem krault Tille ihn hinter den Ohren. Ein Glück, dass sie diese Stelle neulich

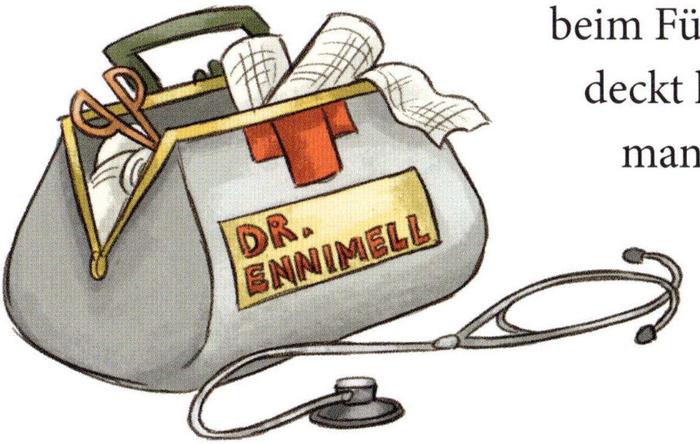

beim Füttern entdeckt hat. Wenn man die kratzt, ist Rupi viel zahmer!

Tierarzt Ennimell holt sein Stethoskop aus der Tasche und horcht Rupi ab. Als er fertig ist, erklärt er: „Es ist nicht die Kälte, die Rupert-Rasputius krank macht. Es ist die Einsamkeit. Darum leuchtet er! Einhörner haben ein besonderes Fell. Sie können damit Licht speichern und später wieder abgeben. Das machen sie, um sich gegenseitig zu finden. Einhörner sind nämlich nicht gern allein. Sie leben in Gruppen. Wie Ponys und Pferde. Rupert-Rasputius braucht also dringend eine Herde, um gesund zu werden. Das ständige Leuchten aus Einsamkeit hat ihn sehr geschwächt."

„Aber er kann nicht zurück", sagt Annie und erzählt Doktor Ennimell vom abgebrochenen Horn.

„*Ich* kann doch seine Herde sein“, schlägt Tille vor.

„Du kannst seine Freundin sein, aber niemals seine Herde“, erklärt Doktor Ennimell behutsam.

„Und was machen wir dann?“, fragt Tille. „Rupi kann doch nirgends hin!“

Der Doktor grinst auf einmal schief. „Na ja, ich kenne da einen ziemlich perfekten Ort. Dort dreht sich alles um Ponys und Pferde …“

„Unsere Schule?“ Tilles Gesicht beginnt beinahe so zu leuchten wie Rupis Fell vorhin.

„Ich bin aber ein Einhorn und kein Pony“, krächzt Rupi heiser.

Doktor Ennimell zuckt mit den Schultern. „Es müssen eben alle ein Auge zudrücken. Einen Versuch ist es wert, Hubert-Kapuzius!“ Rupi knurrt, und der Doktor versteinert. „Äh … Rupert-Rasputius“, korrigiert er sich hastig.

„Wenn das mal gut geht“, seufzt Henry.

Mit Hafer ist man braver

Auf dem Weg nach Trippelwick ist Annie ziemlich mulmig zumute. Ob Doktor Ennimells Plan aufgehen kann?

„Ich soll ihn also wirklich holen gehen?", fragt sie unsicher, während sie den Schleichweg hinaufreiten, der das Dorf mit der Villa verbindet. „Madam Balleria hat uns gleich am ersten Tag gesagt, dass wir nur in den Ponystall gehen dürfen. Der Pferdestall und der Lehrerstall sind für uns tabu!"

„Außer in Ausnahmefällen", beruhigt sie der Tierarzt. „Und das ist eine Ausnahme, glaub mir! Wir warten solange bei Professor Zen im Waldpavillon." Er senkt seine Stimme, damit Rupi ihn nicht hören kann. „Nur zur Sicherheit. Sollte Rupert-Grafsputius doch einen Wutanfall kriegen, kann ihn Zen bestimmt mit Eselsgeduld beruhigen. Der Professor ist ein Meister auf seinem Gebiet."

Annie grinst. Der Unterricht vom alten Eselprofessor ist in der Tat meistens sehr einschläfernd. Wenn jemand Rupi im Notfall beruhigen kann, dann er.

Also trabt sie mit Henry los. Ihr Herz klopft wild, als sie den Lehrerstall erreichen. Innendrin sieht es ganz anders aus als im Ponystall. Während die Ponys sich eine große, gemütliche Liegefläche teilen, hat hier jeder Lehrer sein eigenes Reich.

Neugierig späht Annie in eine leere Box und reißt vor Überraschung die Augen auf. Das sieht ja aus wie im Wilden Westen! Ein Lasso baumelt an einem Haken und ein Kuhgeweih von der Wand. Vor der Boxentür hängt ein Westernsattel auf dem Sattelhalter.

„Wohnt hier etwa Mister Appaloosa?“, fragt Annie fasziniert.

Henry grinst. „Yee-haw!“, ahmt er Mister Appaloosas Cowboystimme nach.

Annie lacht. Ihr Sportlehrer ist ein waschechtes Westernpferd aus Amerika. Kein Wunder, dass es bei ihm so aussieht.

Neugierig geht sie weiter zur nächsten Box.

Dort ist alles mit rosa Plüsch überzogen, und unzählige Spiegel hängen an den Wänden. Ein süßer Duft strömt ihnen entgegen.

„Lass mich raten", flüstert sie Henry zu. „Hier ist Miss Haflinger zu Hause?!"

Miss Haflinger ist ihre Lehrerin in Mähnen-, Huf- und Fellpflege. Jetzt weiß Annie auch, wie die Haflingerstute es schafft, immer eine so fluffige weiße Mähne zu haben. Auf einem Regal neben der Boxentür stehen bestimmt hundert verschiedene bunte Fläschchen mit Shampoos und

Mähnensprays. Zu gern würde Annie noch weiter auf Entdeckungsreise gehen. Vor allem das rot-weiß gestreifte Zirkuszelt am Ende der Stallgasse hat ihre Neugierde geweckt. Bestimmt ist dort das Reich von Mister Mungumu. In der Schule erzählt man sich nämlich, dass der Zebraprofessor früher im Zirkus gearbeitet hat, dann aber die Nüstern voll davon hatte und getürmt ist. Das Zeltleben hat er dennoch nicht ganz ablegen können. Wie es wohl darin aussieht? Doch dafür ist jetzt leider keine Zeit. Die anderen warten schließlich auf sie!

Henry scheint ihre Gedanken gelesen zu haben, denn er flüstert: „Dort hinten. Das ist die Box vom Schuldirektor."

Annie geht darauf zu und klopft.

Eine vertraute Stimme sagt: „Herein!"

Als sie die Boxentür aufschiebt, staunt sie nicht schlecht. Alles darin ist winzig klein! Der Futtertrog, das Tränkebecken, die Ecke mit Stroh, der kleine Minizylinder auf dem Minihutständer … nur die Bücher, die die Boxenwände bis obenhin zieren, sind normal groß. Obendrein wirken sie unglaublich alt. Viele von ihnen sind in Leder gebunden, und ein muffiger Geruch geht von ihnen aus. Annie hat fast das Gefühl, in einer alten Bibliothek gelandet zu sein.

„Annelie Fliederbusch", sagt Archibald Harold Falabellius Hillbatten. „Das ist ja eine nette Überraschung. Was führt dich zu mir?"

Annie blickt auf das karamellfarbene Minipony, das ihr gerade mal bis zu den Knien reicht. Eigentlich komisch, dass eine so große Schule ausgerechnet einen so kleinen Direktor hat, schießt es ihr durch den Kopf.

„Der Tierarzt schickt mich. Sie sollen bitte dringend zum Waldpavillon kommen", erklärt Annie.

„Ist der Professor erkrankt?", fragt der Ponydirektor besorgt.

Annie schüttelt ihre Ringellocken und erzählt, was wirklich los ist.

Der Schuldirektor hört konzentriert zu, sagt aber nichts außer einem gelegentlichen „Ah“ und „Oha“. Dann rüttelt er so lange am Hutständer, bis sein schwarzer Zylinder herabfällt und elegant auf seinem Kopf landet. Schon trabt er zum Waldpavillon.

Annie und Henry kommen kaum hinterher, so flink und wendig ist der Ponydirektor. Weil er so klein ist, fällt er auf dem Gelände außerdem kaum auf – wüsste Annie nicht, wohin sie wollen, hätte sie ihn längst aus den Augen verloren.

Da geht ihr ein Licht auf: Deshalb ist ausgerechnet Archibald Hillbatten der Direktor der Schule! Schließlich ist es seine Aufgabe, heimlich Kinder mit der Ponyflüstergabe aufzuspüren. Wie damals Annie. Wenn ein so stattliches Pferd wie Madam Ballerias Lipizzanerhengst Patron durch Städte und Gärten schleichen würde, fiele das sofort auf. Archibald Hillbatten hingegen ist kaum größer als ein Hund und obendrein richtig flott.

Schon haben sie die Glühwürmchenlichtung erreicht. Als Annie Professor Zen mit den anderen auf der Veranda des Waldpavillons sieht, klappt ihr der Mund auf. Der Esel hat ja ganze Arbeit geleistet! Alle schlürfen gemütlich Hafertee und knabbern Knisterkekse und Popflis. Sogar Rupi! Das wilde Einhorn sieht ganz friedlich aus.

Nur Fliederfloh guckt mürrisch unter seiner Wuschelmähne hervor, sein Teller ist leer.

„Doofe Diät", nuschelt er und schlabbert Hafertee.

„Oh, Archibald! Schau mal, welch seltenen Gast ich bewirten darf", hickst Professor Zen. „Dass ich das auf meine alten Eseltage noch erlebe. Ein Einhorn in Trippelwick! Iaooohm! Jetzt sind wir endlich komplett! Es gibt Ponys hier und Pferde, es gibt Zebras

und mich – und jetzt auch *dich*!“ Er wackelt mit seinen langen Eselohren und grinst Rupi unter seiner Kugelbrille verzückt an.

Der runzelt die Stirn. „Und was soll daran so toll sein?“

Nun ist es Archibald Hillbatten, der antwortet. Und zwar auf perfektem Einhornisch. Annie versteht leider nur die Hälfte. Von *Gemeinschaft* ist die Rede. Und davon, dass Einhörner *Blutsverwandte* sind und dass Pferde, Ponys, Zebras, Esel und Einhörner *stets zusammenhalten* sollen …

Rupi zieht eine Schnute. Doch sein Gesicht wird freundlicher, als der Ponydirektor auch noch erzählt, dass es in Trippelwick keine Zäune gibt. Jeder kann kommen und gehen, wie und wohin er will!

„Das gilt selbstverständlich auch für dich, falls es dir gelingt, dich bei uns einzuleben“, sagt Archibald Hillbatten zum Schluss in Ponysprache. „Mein Angebot steht, überleg es dir. Schon viele haben an diesem geheimen Ort Zuflucht gefunden. Tille Vanderberg könnte dir dabei helfen, dich zurechtzufinden. Zudem bekommst du leckeres Futter und eine gute Ausbildung …“

Beim Wort *Futter* spitzt Rupi die Ohren. „Ja, mit Hafer bin ich braver“, nuschelt er keck.

„Heiliges Einhorn!“, trällert Tille verträumt. „Heißt das, ich kriege tatsächlich ein Gefährten-einhorn? So, wie ich es mir immer erträumt habe?“ Sie blickt rasch zu Fliederfloh. „Nichts gegen dich! Du bist auch ganz toll. Nur …“

Fliederfloh murrt in seinen Hafertee. „Mädchen, das wäre für uns alle das Beste, glaub mir!“

Doch der Ponydirektor schüttelt den Kopf. „Nicht so hastig mit den jungen Pferden! Selbst wenn Rupert-Rasputius Gefallen an unserer Schule findet, hat er eine Menge zu lernen. Soviel ich über Einhörner weiß, wird das nicht ganz einfach werden. Zudem wird er für den Schaden im Dorf aufkommen müssen.“

Tille lässt sich nicht beirren. „Ach, ich kann das doch für Rupi im Haferladen übernehmen. Herr Kramer hat bestimmt nichts dagegen.“ Sie grinst verträumt. „Und die Wolldecke vom Hufschmied, die kriegt Frau Semmelbrot im Handumdrehen wieder sauber, wenn ich ihr im Gegenzug mit dem Abwasch helfe. Und was Ihre Rosen angeht …“

„Keine Sorge, die wachsen wieder nach", sagt der Tierarzt schnell, ehe Tille auf die Idee kommt, sich an seinen heiß geliebten Rosen zu vergreifen.

„Na, dann", trällert sie und springt auf, „ist doch alles geklärt. Und deshalb gehen wir jetzt am besten gleich zu Miss Haflinger!"

„Miss Haflinger?", wundert sich Annie. Was hat denn die damit zu tun?

Ihre Freundin grinst. „Na, Rupi braucht eine Vollfellwäsche!" Sie guckt das zottelige Einhorn verträumt an. „Stimmt's?!"

Fliederfloh verdreht die Augen unter seiner Wuschelmähne. „Herrje, sie lernt es nie …"

Doch zu Annies Überraschung scheint Rupi die Idee gar nicht so übel zu finden.

„Wieder ein schneeweißes Fell zu haben wäre schon schön", knurrt er mit vollem Maul. Die Pupslis von Professor Zen scheinen ihm sehr zu schmecken. Oder tut ihm einfach die Gesellschaft gut? Er wirkt in jedem Fall schon viel freundlicher.

„Kommst du mit?", fragt Tille Annie.

Annie nickt. Den Spaß will sie sich auf keinen Fall entgehen lassen!

Kurz darauf stehen Annie und Tille auch schon mit Rupi in Miss Haflingers Klassenzimmer. Der Waschsalon ist voll mit Shampoos und Bürsten. Eine riesige Duschkabine thront in der Mitte des Raumes. Die Wände sind mit blauen Kacheln gefliest, und der Schrank neben der Tür ist rappelvoll mit Mähnengummis, Glanzsprays und Hufölen aller Art.

Die Lehrerin begutachtet Rupis verdrecktes Fell und dirigiert ihn in die Duschkabine. Als warmes Wasser von oben auf ihn herabrieselt, seufzt er wohlig auf.

„Viel besser als ein Schneebad", brummelt er.

Annie und Tille schrubben sein Fell und befreien es von Dreck. Tille meint es etwas zu gut: Sie klatscht die ganze Flasche *Flauschfell-Shampoo* auf Rupis Hinterteil. Das schäumt wie verrückt, und im Nu sieht Rupi aus wie eine Riesenwolke. Es dauert eine Ewigkeit, bis sie das ganze Shampoo aus seinem Fell gewaschen haben.

Danach zeigt Miss Haflinger ihnen, welche Sprays und Lotionen sie benutzen müssen, um Rupis Mähne und Schweif seidenglatt zu kriegen.

Als er zum Schluss zufrieden unter dem großen Solarium zum Trocknen steht, kann Annie es kaum glauben.

„Wir haben echt ganze Arbeit geleistet, findest du nicht?", murmelt sie müde, aber zufrieden.

Tille scheint sie gar nicht zu hören. Mit glasigen Augen himmelt sie Rupi an. Das Fell des Einhornes ist nun strahlend weiß. Seine Mähne glänzt seidenglatt, sein Schweif ebenso. Rupi sieht wie ein richtiges Einhorn aus. Nur eben ohne Horn. Aber dennoch fantastisch schön.

Mirroras Nachtlicht

„Sonntag! Sooonntag! Was für ein herrliches Wort!“ Schon die ganze Woche hat sich Annie auf diesen Tag gefreut. Endlich kein Unterricht! Keine Hausarbeiten! Und auch kein Heuschleppen! Sie hat nicht mal Lust, ins Dorf zu reiten. Das Einzige, was sie heute machen will, ist *nichts*. Außer faul mit ihren Freundinnen rumhängen und Frau Semmelbrots Knisterkekse mampfen, bis ihr Magen davon knistert. Und das geht am besten in der Heuhöhle. Dort haben sie nicht nur Ruhe, sondern können tun und lassen, was sie wollen.

„Worauf warten wir noch?“, flüstert Annie nach dem Frühstück. „Besser ist, wir machen gleich die

Biege, ehe Miss Nelson uns in die Finger kriegt. Zelda hat erzählt, dass die heute eine Häkelstunde veranstalten will. Boah, voll Brokkoli! Also schnell weg hier!“

Flugs biegen die vier Mädchen in den Ponystall. Zum Glück ist die Luft rein. Stallmeister Dorn scheint gerade nicht in der Nähe zu sein. Hinter den Heuballen, auf denen er sonst gern sein Nickerchen macht, drückt Annie gegen die Holzwand. Es macht leise *klick*, und die Wand schiebt sich wie von Zauberhand zur Seite.

„Ihr seid ja schon da?“ Annie blinzelt überrascht in den geheimen Raum. Vor ihr lungern Henry, Sturmtanz, Mirrora und Fliederfloh auf den Heusofas rum. Die Heuhöhle sieht nämlich aus wie ein Wohnzimmer aus Heu. Neben den Heusofas gibt es gemütliche Ohrensessel, Tischchen und Schränke. Ein paar bunte Messinglampen erleuchten den Raum. Von den alten Dachbalken hängt ebenfalls Heu.

„Wo ist denn Rupi?“, will Tille wissen.

Die Ponys werfen sich vielsagende Blicke zu.

„Der nervt“, platzt Fliederfloh schließlich heraus.

„Er hat mir heute mein ganzes Frühstück weggefressen, obwohl ich sowieso bloß so eine mickrige Portion kriege. Haben Einhörner überhaupt keine Manieren?"

Henry gähnt unter seiner Silbermähne. „Und dann dieses ständige Leuchten! Ich dachte, es würde aufhören, wenn er bei uns im Stall schläft. Aber nichts da. Ich kriege kein Auge mehr zu, seit er hier ist."

„Und mir hat er doch tatsächlich auf meinen Schlafplatz gepupst. Weiß der nicht, dass man dafür rausgeht?", schnaubt Sturmtanz erbost.

Nur Mirrora schüttelt ihre lackschwarze Mähne. „Ach, so schlimm ist er doch gar nicht."

„Klar, dass du das sagst. Du bist auch die Einzige, die Rupis Leuchten toll findet", murrt Fliederfloh sauer. Seit das Shetlandpony auf Diät ist, hat es echt miese Laune. Wie jetzt! „Ich habe euch gestern Nacht gesehen. Du hast dich voll an ihn rangeschmissen und ihn dann auch noch angesäuselt, wie toll du doch sein Leuchten findest. Daraufhin hat er glatt noch mehr geleuchtet. Echt ponytastisch gemacht!"

„Na und?“, wiehert Mirrora eingeschnappt. „Ich mag eben die Dunkelheit nicht. Neben ihm kann ich gut einschlafen. Ist das so schlimm?“

„Natürlich nicht“, sagt Dana, um ihrem Gefährtenpony beizustehen. Denn so machen das Gefährten eben.

„Trotzdem“, sagt Henry und gähnt schon wieder. Er guckt Tille aus müden Augen an. „Kannst *du* nicht mal mit ihm reden? Zu mir hat er bloß gesagt, er kann das Leuchten nicht steuern.“

„Doch, das kann er“, trällert Tille stolz. „Ich hab’s genau gesehen.“

„Was? Und uns belügt er?“, wiehert Sturmtanz temperamentvoll. „So eine Ponyfrechheit!“

Rasch tätschelt Frida ihrem Gefährtenpony das beige Fell. „Wir kriegen das mit Rupi schon geklärt.“ Sie sucht Annies Blick und raunt: „Und besser schnell, bevor sie sich noch ans Fell gehen …“

„Du hast recht“, sagt Annie und seufzt. Den ruhigen Sonntag kann sie sich in die Haare schmieren. War ja klar, dass das mit Rupi nicht so einfach werden würde. Das Einhorn hat bisher nur in der Wildnis gelebt. Wie soll es da die Stallregeln kennen? Aber immer noch besser, als mit Miss Nelson zu häkeln. „Tille, kannst du ihn hierher holen?"

„Klar", trällert ihre Freundin begeistert. „Er wird es hier lieben!" Hopsend verlässt sie die Heuhöhle. Alle blicken ihr verdattert hinterher. Es dauert nicht lange, schon kommt sie mit Rupi im Schlepptau durch die Geheimtür. „Voll einhornisch, unser Versteck, findest du nicht?", flötet sie ihm ins Einhornohr.

Rupi blickt sich knurrend um. „Hierhin seid ihr also alle verschwunden", nuschelt er. „Ich habe euch schon gesucht." Sein Fell schimmert kurz auf.

„Ja, also … Wir wollten mit dir über das Leuchten reden", sagt Annie vorsichtig.

„Genau! Sie glauben mir nicht, dass du das steuern kannst", sagt Tille.

„Kann ich auch nicht", knurrt Rupi. „Das können nur wenige von uns … dauert Jahre, bis man das lernt."

„Doch du kannst das längst!" Tille schüttelt ihre Elfenhaare. „Als wir das erste Mal auf die Flüsterinsel geritten sind, weißt du noch? Da hast du plötzlich aufgehört zu leuchten. Das war kein Zufall! Das hast du mit Absicht gemacht, damit wir dich nicht sehen.“

„Stimmt“, ruft Annie überrascht. Jetzt erinnert sie sich auch wieder. „Und war es beim Tierarzt nicht auch so?“, hakt sie nach.

Tille lächelt selig. „Sag ich doch. Er kann es.“

„Ist das so?“, fragt Henry und sieht Rupi unter seiner Silbermähne schlaftrunken an. „Ich kann nämlich bei deinem Licht nicht schlafen.“

„Ich schon“, flötet Mirrora und stupst Rupi mit ihren Nüstern zärtlich an.

Die anderen Ponys werfen ihr genervte Blicke zu.

„Guckt nicht so“, sagt sie. „Ich mag ihn eben.“ Sie blinkert Rupi ganz verliebt an. „Es wäre wahnsinnig toll, wenn du mein Nachtlicht sein könntest!“

So hat Annie Danas Gefährtenpony ja noch nie erlebt! Mirrora scheint es richtig erwischt zu haben. Sie führt sich genauso auf wie Miss Nelson bei Tierarzt Ennimell.

„*Nachtlicht?*“ Rupi verzieht das Gesicht. „Ich bin doch keine Lampe!“

„Damit wäre uns aber allen geholfen, denn Lampen kann man ein- und ausschalten“, sagt Fliederfloh unfreundlich. „Wenn du dich schon hier durchfüttern lässt, könntest du zumindest mal versuchen, dein Leuchten zu kontrollieren, meinst du nicht?“

Rupi senkt beschämt den Kopf. „Aber so einfach ist das nicht“, brummelt er. „Unser Fell macht das doch von ganz allein. Immer, wenn wir … wenn wir …“ Er bricht ab.

„Versuch es, mir zuliebe!“, säuselt Mirrora. „Ich möchte unbedingt, dass du bei uns bleibst!“

„Wuaaah“, macht Fliederfloh, als müsste er würgen.

Annie runzelt die Stirn. Fliederflohs Laune ist echt übel. Ob das wirklich nur vom Hunger kommt? Oder kann es sein, dass das Shetlandpony ein bisschen eifersüchtig ist? Auch wenn er behauptet, Tille würde ihm die letzten Ponynerven rauben, hat Fliederfloh bisher immer zu ihr gehalten. Liegt das wirklich nur daran, dass der Ponydirektor ihn am Gefährtentag darum gebeten hat? Oder hat Fliederfloh sie vielleicht doch längst in sein Ponyherz geschlossen?

Auch Frida zieht neben Annie die Augenbrauen hoch. Sie scheint dasselbe zu denken.

Tille streicht Rupi derweil zärtlich über sein schneeweißes Fell. „Du schaffst das“, raunt sie ihm zu. „Wir glauben an dich.“ Sie blinzelt verträumt unter ihren Stirnfransen. „Wir sind doch ab jetzt deine neue Herde!“

„Ist das so?“, nuschelt Rupi unsicher.

Tille nickt eifrig. Und Mirrora ebenfalls.

„Also gut“, knurrt er da. „Ich kann es ja mal versuchen.“ Rupi kneift angestrengt die Augen zusammen. Eine halbe Ewigkeit tut sich nichts, doch dann fängt sein Fell tatsächlich im matten Licht der Heuhöhle ein bisschen zu schimmern an. Wie eine kleine Discokugel. Die Holzwände um sie herum beginnen zu funkeln. Sogar die Spinnweben in den Ecken.

Die Ponys schnauben vor Staunen. Und auch Annie starrt auf das Einhorn, das nun glitzert wie Schnee im Mondlicht. Wunderschön sieht das aus. So strahlend hat Rupi noch nie geleuchtet! Ob es daran liegt, dass es diesmal nicht aus Einsamkeit geschieht? Sondern für sie alle?

„Einhorntastisch“, flötet Mirrora.

Fliederfloh aber guckt immer noch griesgrämig.

„Kannst du das Licht auch wieder ausmachen?“, fragt er. „Darauf kommt es schließlich an!“

Rupis Fell erlischt auf Kommando.

Die Mädchen applaudieren begeistert.

Rupi blinzelt stolz. Dann schielt er zu Sturmtanz

und Fliederfloh. „Das mit dem Bett und dem Frühstück wusste ich nicht. Ich mach's nicht wieder."

„Ist schon gut", schnaubt Sturmtanz und schenkt ihm ein versöhnliches Lächeln. „Wenn du willst, erkläre ich dir nachher auch noch die anderen Stallregeln, in Ordnung?!"

„Das wäre sehr nett", knurrt er freundlich.

„Ach, das kann ich doch machen", flötet Mirrora und stellt sich überglücklich neben Rupi.

Henry seufzt erleichtert. „Das ist ein guter Anfang, würde ich sagen. Wenn sich Mirrora nachts fürchtet, leuchtest du ihr kurz. Aber ansonsten …" Annies Gefährtenpony guckt schläfrig unter seiner Silbermähne hervor und gähnt herzhaft. „Ansonsten bleibt das Licht bitte, bitte, bitte aus – abgemacht?"

Rupi und Mirrora nicken. Auch die anderen sind mit der Lösung zufrieden.

Nur Fliederfloh scheint die ganze Harmonie sogar noch saurer zu machen. „Wisst ihr was?", murrt er. „Wenn doch jetzt alles so supi ist, warum begleitet Rupi Tille nicht gleich zum Unterricht?" Er funkelt Rupi zornig an. „Madam Ballerias

Lipizzanerhengst Patron ist auch weiß. Ihr beide versteht euch bestimmt prächtig! Ich meine, weiß und weiß gesellt sich gern, hab ich recht?"

„Ich kann es ja mal probieren", nuschelt Rupi unsicher.

Tille reißt staunend die Augen auf. „Das würdest du tun?! Ich glaub, mich tritt ein Einhorn!"

Einen Moment lang guckt Fliederfloh Tille ungläubig an. „Na, dann ist ja alles geklärt. Viel Spaß euch beiden!", murmelt er und trabt nach draußen.

Also doch, denkt Annie, während sie Fliederfloh hinterherblickt. Es ist nicht nur der Hunger, der das Shetlandpony quält. Aber Tille kriegt davon wieder einmal gar nichts mit.

Armer Fliederfloh!

Oberstes Einhorngesetz!

Ein Raunen geht durch die Schulklasse, als Tille zur nächsten Doppelstunde Reiten tatsächlich mit Rupi statt mit Fliederfloh die Halle betritt. Annie und Frida haben alles versucht, um sie davon abzuhalten. Den Mund haben sie sich fusselig gequatscht. Und Dana hat sie gefragt, ob sie nicht mehr ganz frisch unter dem Reithelm sei.

Geholfen hat es nichts. Tille ist so verträumt und verpeilt wie nie zuvor. Heute früh hat sie beim Zähneputzen glatt auf Einhornisch gegurgelt. Das hat geklungen, als würde die Klospülung rülpsen.

Sogar bei Herrn Kramer im Haferladen war sie längst und hat als Wiedergutmachung für Rupis Diebstahl unzählige Glasbehälter in der Popfliabteilung abgestaubt. Annie ist sich sicher: Ihre Freundin würde alles dafür geben, um aus Rupi einen Gefährten zu machen. Ihren Gefährten!

Dass es in Trippelwick einen Neuankömmling

gibt, hat sich in der Schule sofort herumgesprochen. Viel wurde getuschelt auf den Gängen der Villa und in den Gemeinschaftsräumen der vier Türme. Annie kann das verstehen. Dass ausgerechnet ein Einhorn der Popflidieb war, ist schon außergewöhnlich genug. Einhörner sind schließlich sehr selten. Dass sich das Einhorn auch noch mit Tille angefreundet hat und vom Ponydirektor nach Trippelwick eingeladen wurde, das grenzt beinahe an ein Wunder. An ein wunderbares Wunder – wenn bloß alles gut ausgeht! Doch davon ist Annie nicht überzeugt. Rupi hat zwar sein Leuchten in den Griff bekommen, aber von einem Gefährtenpony ist er noch meilenweit entfernt. Ungefähr so weit wie der alte Eselprofessor Zen davon, plötzlich ein Wettrennen zu gewinnen. Oder Mister Mungumu davon, das *S* richtig auszusprechen. Deshalb ist Annie richtig mulmig zumute, als Tille und Rupi sich an der Mittellinie neben Henry und ihr aufstellen.

Alle Kinder starren sie an. Hinter sich hört Annie Marie und Flora, die beiden Mädchen aus dem Purpurzimmer, tuscheln.

„Oh, es ist so schön! Aber bist du sicher, dass es wirklich ein Einhorn ist? Eigentlich sieht es aus wie ein normaler Schimmel“, haucht Marie.

„Anscheinend schon. Ich habe gehört, dass sein Horn abgebrochen ist. Deshalb ist es hier“, flüstert Flora zurück.

Wenn Rupis Narbe von seiner Mähne bedeckt ist, sieht er tatsächlich wie ein Pony aus. Er könnte beinahe als der kleine Bruder von Patron durchgehen. Na ja, solange er nicht leuchtet. Und auch in puncto Stimmung könnten die beiden nicht unterschiedlicher sein. Während Patron ein richtiger Quatschkopf ist und gerade aufgekratzt durch die Halle tippelt, um die Kinder und Ponys zu ein paar Aufwärmübungen zu animieren, linst Rupi misstrauisch unter seiner schneeweißen Mähne hervor.

„Was ist denn das für ein seltsamer Unterricht“, knurrt er, als Patron ein paar Kniebeugen vor ihm macht. „So ein Gehampel! Lächerlich!“

Tille lächelt selig. „Wart’s ab! Madam Balleria holt nur noch einen geeigneten Sattel für dich. Dann geht der Unterricht los.“

Rupi schüttelt den Kopf. „Ich brauche keinen Sattel!"

„Ich auch nicht", trällert Tille. „Aber Madam Balleria will das so."

Schon kommt die Reitlehrerin mit großen Schritten auf Rupi zu. Als er ihre Reitgerte unter dem Arm sieht, fletscht er die Zähne.

„Was sind denn das für Manieren?!", tadelt Madam Balleria und will Rupi den Sattel auf den Rücken legen.

Das ist eindeutig zu viel. Wie ein wild gewordener Stier schlägt er mit den Hinterbeinen

aus. Der Sattel fliegt in hohem Bogen durch die Luft. Panisch hüpft Rupi zur Seite und landet prompt mit seinem Vorderhuf auf Madam Ballerias Zeh. Autsch!

Die Reitlehrerin wird rot wie eine Tomate. Wie eine Tomate mit Dutt auf dem Kopf! Alle starren sie bang an.

„Oje", murmelt Henry. „Das läuft ja gar nicht gut."

„Richtig Brokkoli!", stöhnt Annie und geht lieber schnell hinter Henrys Silbermähne in Deckung. Denn gleich passiert hier ein Donnerwetter, garantiert!

Schon zetert Trippelwicks strengste Lehrerin los.

„Was soll denn dieser Unfug?!" Sie fuchtelt wütend mit ihrer Reitgerte in der Luft. „Warum führst du dich so auf? Das ist doch nur ein Sattel. Den brauchst du zum Reiten. Aus diesem Grund bist du hier! In meinen Stunden wird mit Sattel geritten! Da gibt es keine Ausnahme! Auch wenn euch Mister Appaloosa in seinem Sportunterricht diese Flausen erlaubt." Sie blickt zornig in die Schulklasse. „Dressur ist Reiten mit Niveau. Ist das so schwer zu begreifen?!"

Rupi hält inne, und seine Augen werden riesig. *„Reiten?“* Er sieht Tille fassungslos an. „Das wird hier unterrichtet? Also, ich gebe wirklich mein Bestes, um mich hier einzugewöhnen. Ich mache vieles mit. Aber *Reiten*? Das kannst du nicht von mir verlangen. Das ist unter meiner Würde! Ich bin schließlich immer noch ein Einhorn! Auf Einhörnern wird nicht geritten. Niemals! Das ist oberstes Einhorngesetz! Habt ihr das nicht gewusst?“

In der Reithalle wird es mucksmäuschenstill. Alle halten die Luft an. Auch Annie, Frida und Dana hat es die Sprache verschlagen. *Oberstes Einhorngesetz?* So ein Brokkoli aber auch!

Besorgt schaut sie zu Tille. Die ist ganz blass geworden.

„Wie … wie meinst du das?“, fragt sie verdattert.

Rupi reckt das Kinn. „Ich pupse keine Regenbogen. Ich fliege nicht. Und ich lasse garantiert niemanden auf mir reiten! Ich bin ein Einhorn, ist das klar?!“

„Dass du Regenbogen pupst, habe ich auch nie behauptet“, sagt sie gekränkt. „Ich weiß, wie Einhörner sind. Ich habe von euch geträumt.“

„Dann hast du eben falsch geträumt“, knurrt Rupi und senkt den Blick.

Tilles Augen füllen sich mit Tränen. „K… kannst du nicht eine Ausnahme machen? Nicht mal eine k… klitzekleine? Reiten ist total schön …“

Rupi schüttelt den Kopf. „Meine Einhornomi Robia-Ranunkula hat mir als Fohlen viele Einhorngeschichten erzählt und mir alle Einhorngesetze beigebracht. An eine Ausnahme kann ich mich nicht erinnern.“

Madam Balleria grunzt vor Wut.

„Das wird mir hier zu dumm! Alle aufsitzen, und zwar sofort! Und du, Tille …“ Sie funkelt Annies Freundin wütend an. „Du sattelst augenblicklich Fliederfloh, hast du mich verstanden? Er ist dein Gefährtenpony und niemand anders!“

Tilles Augen werden feucht.

„Ja“, haucht sie und schlurft mit Rupi davon.

Miniklops in Gefahr

An diesem Abend kann Annie lange nicht einschlafen. Das liegt nicht nur an dem Herbststurm, der über Trippelwick hereingebrochen ist und mit wütendem Fauchen die Blätter von den Bäumen weht. Sie macht sich große Sorgen. Um Tille. Um Rupi. Um Fliederfloh. Wie soll das alles nur weitergehen? Eigentlich wollte sie ihrer Freundin helfen, aber langsam gehen ihr die Ideen aus.

Der Sturm vor dem Turmfenster tobt und wird immer lauter. Immer stärker. Zum Glück hat wenigstens Tille endlich aufgehört zu weinen und schläft. Dass Rupi niemals ein Gefährte werden wird, hat sie ganz schön mitgenommen. Da hat es nicht mal geholfen, dass sich Fliederfloh im Reitunterricht total angestrengt hat. So gut ist er noch nie mit Tille im Sattel gegangen. Das ist auch Madam Balleria aufgefallen. Am Ende der Stunde war die Reitlehrerin glatt ein bisschen versöhnt.

Aber Tille hat das wieder einmal nicht mitbekommen. Auch nicht, wie sehr Fliederfloh sich für sie ins Zeug gelegt hat. Und zwar ganz ohne Zauberzucker! Ihre Freundin ist eben einfach sehr verträumt. Zu verträumt, um jemals eine richtige Ponyflüsterin zu sein?

Am liebsten würde Annie mit ihrem allerbesten Freund und Gefährten über ihre Sorgen quatschen. Henry fühlt und denkt eben wie sie. Ob er schon schläft? Sie kann ja mal horchen … Leise rückt sie das lose Brett beiseite. Als sie vorsichtig das Ohr an das Sprachrohr in der Wand hält, zuckt sie vor Schreck zusammen.

„Annie! Annie! Bist du noch wach?“, tönt es megalaut aus dem Trichter. Das ist Henry. Seine Stimme klingt total aufgeregt.

Sofort spürt Annie, dass etwas nicht stimmt.

„Was ist denn los?“, fragt sie erschrocken.

Henry seufzt erleichtert auf. „Wie gut, du bist wach! Wir

brauchen dringend Hilfe! Dorni hat alle Stalltüren wegen dem Sturm verriegelt. Jetzt können wir hier nicht mehr raus. Aber Fliederfloh … er hat Bauchweh, und er schwitzt." Henrys Stimme wird leise. „Ich glaube, der Stress in letzter Zeit hat ihm nicht gutgetan. Kannst du Doktor Ennimell Bescheid geben? Er muss sofort herkommen!"

„Oje! Auch das noch", seufzt Annie. „Aber klar, keine Sorge, ihr könnt euch auf uns verlassen!"

Hastig springt sie aus dem Bett und rüttelt Frida wach. Auch Dana und Tille reiben sich schlaftrunken die Augen. Als Annie erzählt, was los ist, zögern sie nicht lange. Schnell laufen sie in ihren Pyjamas die steile Wendeltreppe hinunter zu Miss Nelsons Privaträumen und klopfen gegen die Tür.

Annie kommt es vor wie eine Ewigkeit, bis die Hauslehrerin endlich aufmacht. Miss Nelson trägt einen blassblauen Plüschmorgenmantel und blinzelt die Mädchen verschlafen an.

„In der Nacht auf den Gängen herumzuschleichen ist gegen die Schulregeln", sagt sie empört. „Ich hoffe, ihr habt einen triftigen Grund dafür?!"

„Können Sie den Tierarzt anrufen?“, ruft Annie.

„Ferdy?“, fragt Miss Nelson und läuft rot an. „Warum denn das?“

Huch, jetzt duzen sie sich also schon, denkt Annie. Wäre die Situation nicht so brenzlig, würde sie glatt lachen. So aber sagt sie: „Fliederfloh hat eine Kolik.“

„Bestimmt ist das meine Schuld“, schnieft Tille und beginnt schon wieder zu weinen.

„Ist er also doch der Dieb?“, fragt Miss Nelson misstrauisch.

Herrje! Annie kann sich nur wundern. Ihre Lehrerin steht so was von auf dem Schlauch. Die kriegt von Trippelwick wirklich gar nichts mit. Na ja, außer Mathe und Deutsch.

Bevor sie antworten kann, stellt Miss Nelson schon die nächste Frage. Und die hat es in sich. „Woher wisst ihr überhaupt, dass Fliederfloh eine Kolik hat?“

Oh nein! Auch das noch! Annie kann doch unmöglich die Wahrheit sagen. Wenn die Nelson von dem Ponytelefon erfährt, sorgt sie mit Sicherheit dafür, dass es abmontiert wird.

„Wir wissen es einfach“, sagt Dana rasch und reckt das Kinn. „Wir sind eben Ponyflüsterinnen!“

„Und ich bin eure Hauslehrerin und kein Dummkopf“, erwidert Miss Nelson und stemmt wütend die Arme in die Hüften. „Auf so einen Unsinn falle ich kein zweites Mal herein, das sage ich euch! Pablo und Niklas haben mir zuletzt auch so einen Schwachsinn aufgetischt. Von wegen, ich müsste dringend Ferdy anrufen, weil Pepper und Roni *Trompetenkäfer* hätten. Es war ziemlich peinlich zu erfahren, dass das bloß Blähungen sind.“ Sie funkelt die Mädchen wütend an. „Sucht euch jemand anders für euren Schabernack. Und jetzt ab in eure Betten, augenblicklich! Und wehe, ich höre den leisesten Pieps! Dann könnt ihr euch auf was gefasst machen, das garantiere ich euch!“

„Aber …“, stammelt Annie.

Doch Miss Nelson knallt ihnen einfach die Tür vor der Nase zu.

„Diese Marmorkuchenjungs“, zischt Dana. „Trompetenkäfer, so ein Schwachsinn!“

Was sollen sie jetzt tun? Ein eigenes Telefon nach draußen gibt es auf den Zimmern der Schüler nicht, und die Internatstüren sind nachts verschlossen.

Da hat Annie eine Idee.

„Bevor Frau Semmelbrot durch das Eingangstor nach Hause geht, schließt sie immer erst noch die Hintertür ab, habt ihr das gewusst? Den Schlüssel legt sie in eine Puddingschale in den Küchenschrank. Ich habe das neulich gesehen, als ich mir abends einen Kakao geholt habe. Vielleicht haben wir ja Glück …“

„Ich bin dabei“, sagt Frida sofort und blickt zu Dana und Tille. „Ihr auch?“

„Wie? Was?“, murmelt Tille verheult.

„Klar“, sagt Dana und zieht sie einfach mit.

Annies Gedanken überschlagen sich, während sie so leise wie möglich durch die Gänge schleichen. Wenn sie es erst mal zu Fliederfloh geschafft haben, können sie ihm vielleicht helfen. Ponyheilkunde lernen sie zwar erst in der dritten Klasse, aber Miss Haflinger hat in Mähnen-, Huf- und Fellpflege ein bisschen was zu Koliken erzählt. Außerdem gibt es in Stallmeister Dorns kleinem Büro ein Telefon, und dort ist mit Sicherheit auch irgendwo die Nummer des Tierarztes notiert.

Nachts wirken die Korridore der Schule ganz anders als am Tag. Dort, wo keine grasgrünen Teppiche liegen, knarren die alten Holzdielen fürchterlich unter ihrem Gewicht. Zum Glück überdeckt das Tosen des Sturms alle verräterischen Geräusche. Als sie die Eingangshalle erreichen und an dem Ölgemälde von der Gräfin Trippelwick und Teddy Wiggelbi vorbeischleichen, zuckt Dana zusammen.

„Seht ihr, wie die uns anstarren?“, flüstert sie. „Als würden sie uns gleich verpetzen! Ich will keinen Ärger …“

„Ach was“, beruhigt Frida sie. „Die beiden wären total stolz auf uns. Wir wollen doch nur einem Pony helfen!“

Das scheint Dana zu beruhigen. Flugs tapsen sie weiter.

In der Küche greift Annie in die Puddingschale.

Ponytastisch! Der Schlüssel ist tatsächlich da!

Hastig sperren sie die Hintertür auf. Sofort faucht ihnen der Sturm entgegen, und schwere Regentropfen prasseln vom Nachthimmel. Als sie am Ponystall angelangt sind, rütteln sie am Tor.

Doch das bewegt sich kein bisschen. Stallmeister Dorn hat ganze Arbeit geleistet. Alles ist sturmsicher mit Holzbalken verriegelt.

„Packt mal mit an", ruft Frida und versucht vergeblich, die Verriegelung zu lockern.

Im strömenden Regen stemmen die Mädchen sich gegen den Balken. Sie sind nass bis auf die Haut, als er endlich nachgibt und sich die Stalltür öffnet. Erleichtert stolpert Annie hinter Frida, Dana und Tille ins Trockene – und traut ihren Augen nicht. Denn genau in dem Moment springt Rupi mit einem riesigen Satz durch die große Öffnung oben am Dachgiebel. Das sieht aus, als würde er fliegen! Wie Magie!

„Ich … Ich glaub, ich spinne?", stammelt Annie.

Das Geräusch von Hufen lässt sie herumfahren.

„Wo kommt ihr denn auf einmal her?", fragt Henry verdutzt und trippelt aufgeregt auf sie zu. Als er ihren Blick bemerkt, erklärt er schnell: „Rupi ist auf dem Weg zum Tierarzt! Wir wussten ja nicht, ob ihr ihn erreicht, und Rupi hat gesagt, Springen ist für ihn ein Klacks. So kriegen wir vermutlich am schnellsten Hilfe für Fliederfloh."

„Ja, das glaube ich auch“, sagt Frida verdattert.

„Unglaublich, diese Sprungkraft in den Hinterbeinen“, raunt Dana, „habt ihr das gesehen?!“

Nur Tille sagt lange nichts. Mit glänzenden Augen starrt sie auf die Öffnung, durch die Rupi verschwunden ist.

„Ich hab’s doch gewusst“, murmelt sie dann. „In meinen Träumen habe ich es immer gesehen. Sie fliegen doch!“

Rupi erinnert sich

Während der Regen gegen sein Gesicht klatscht und der Sturm in seinen Ohren braust, galoppiert Rupi, so schnell er kann. Der Satz aus dem Stallfenster war eine Kleinigkeit für ihn. In den Bergen ist er ständig herumgesprungen. Von Gipfel zu Gipfel. Viel höher und weiter. Einhörner springen eben für ihr Leben gern und Rupi ganz besonders.

Daher ist es das Mindeste, was er für seine neue Herde tun kann. Es ist schließlich sehr anständig von ihnen allen, ihm in Trippelwick ein neues Zuhause anzubieten. Obwohl er dort ständig für Ärger sorgt. Das will er eigentlich gar nicht. Eigentlich will er, dass sie alle Freunde werden. Hoffentlich kann er Fliederfloh helfen. Er wäre froh, wenn er auch etwas für seine neue Herde tun kann. Und für Tille. Denn für ein Menschenmädchen ist sie schon etwas sehr Besonderes. Würde es das oberste Einhorngesetz nicht verbieten, würde er sie glatt auf ihm reiten lassen. Zum Glück hat sie dafür ja Fliederfloh. Und deshalb muss ihm schleunigst geholfen werden.

Das Shetlandpony hat vorhin gar nicht gut ausgesehen. Rupi kennt dieses Bauchweh nur zu gut. Wäre er noch in seinem alten Zuhause hinter den Windbergen, wüsste er genau, was zu tun wäre. *In der Wildnis ist für alles ein Kraut gewachsen.* Das hat seine Einhornomi Robia-Ranunkula immer gesagt und ihm nicht nur die Pflanzen und deren Wirkung erklärt, sondern auch verraten, wo sie zu finden sind. In den Bergen würde er einfach das Tal aufsuchen, wo die kleinen unscheinbaren Flechten wachsen. Die würden das Bauchweh im Nu wegzaubern, und alles wäre wieder gut.

Aber Rupi ist nicht mehr in seinem alten Zuhause. Er hat jetzt ein neues Zuhause. Zumindest hofft er das. Und dort braucht jemand dringend seine Hilfe. Deshalb muss er zusehen, dass er zum Tierarzt kommt. Hoffentlich kann der Fliederfloh helfen!

Weil es stockdunkel ist, stellt Rupi sein Fell auf und bringt es zum Leuchten. So, wie er es dank

Tille gelernt hat. Darauf ist er sehr stolz! Wenn seine alten Einhornfreunde wüssten, dass er *das* kann, würden die ihn bestimmt nicht mehr *Rupert-Keinhorn* nennen. Schließlich gilt es als große Kunst, das Leuchten zu beherrschen. Nicht mal Robia-Ranunkula konnte das, und das will was heißen!

Rupi springt über einen umgestürzten Baum und biegt in den Schleichweg ab. Hier im Wald ist es weniger stürmisch. Dafür ächzen die Bäume. Gruselig klingt das. Besorgt blickt er in den sturm-

umtosten Himmel. Früher hat ihm Robia-Ranunkula viele Geschichten über die Sterne erzählt. Davon, dass sie den Einhörnern stets den richtigen Weg leuchten, wenn sie in Not geraten sind.
Und dann hat sie gesagt: „*Denk dran! Du brauchst nur in den Himmel zu blicken und alles wird gut, Rupert-Rasputius!*"

In dieser Nacht sind aber kaum Sterne zu sehen. Dicke Regenwolken verdecken den Himmel. Rupi seufzt. Für Heimweh ist jetzt ohnehin keine Zeit. Rasch galoppiert er weiter. Schon sieht er die Lichter des Dorfes näher kommen. Zum Glück liegt die Tierarztpraxis gleich am Rand. Rupi springt über den Zaun und die Rosen. Vor der Tür legt er eine Vollbremsung hin.

Bei Doktor Ennimell brennt noch Licht. Als der Tierarzt Rupi vor dem Fenster leuchten sieht, kommt er rasch nach draußen.

„Rupert-Rasputius, was willst du denn hier?"

„Fliederfloh geht es nicht gut. Er hat starke Bauchschmerzen!"

„Ich hole meine Tasche!", ruft der Tierarzt sofort und stürmt ins Haus. Als er wiederkommt, geht er auf seinen Geländewagen zu. „Ikarus hat heute frei, weil drüben im Möhrencafé Pferdestammtisch ist. Aber zum Glück habe ich ja noch das Auto. Lauf du schon mal vor und sag ihnen, ich komme gleich. Ich muss die Landstraße um den See herum nehmen.“

„Aber das dauert doch viel zu lange“, knurrt Rupi und stampft mit dem Huf auf. „Eine Kolik ist eine ernste Sache, wissen Sie das nicht?“

Doktor Ennimell runzelt die Stirn. „Doch, das weiß ich. Aber Ikarus ist nicht da, und das Auto passt nicht durch den Schleichweg. Ich glaube kaum, dass du eine Ausnahme machst und mich auf deinen Rücken lässt, oder?“ Als Rupi ihn fragend ansieht, erklärt der Tierarzt: „Madam Balleria war vorhin im Dorf, wegen ihres geschwollenen Zehs …“

Rupi senkt den Kopf. „Oh, verstehe. Nein, keine Ausnahme.“

In diesem Moment lüften sich die dunklen Regenwolken, der Himmel über ihnen klart auf. Der Mond strahlt sein milchiges Licht. Die Sterne funkeln und Rupis Fell ebenso. Verzweifelt blickt er in den Nachthimmel. Und mit einem Mal formt sich eine Erinnerung in Rupis Kopf. Als er die Sterne sieht, ist es beinahe so, als würde die knorrige Stimme von Einhornomi Robia-Ranunkula zu ihm sprechen …

„Junge, hast du meine Geschichte vergessen?! Ich habe sie dir erzählt. Erinnere dich! Sie stammt aus der Zeit, als Einhörner noch friedlich neben den Menschen gelebt haben. Weißt du noch? Da kam es manchmal zu einer besonderen Verbindung. Ja, Freundschaft ist entstanden! Zwischen einem Menschenmädchen und einem Einhorn. Dem Menschenmädchen sagte man nach, es besitze eine Traumseele. Daher verstand sie unsere Art so gut wie kein anderer Mensch. Nur einem solchen Traummädchen war es erlaubt, auf dem Rücken des Einhorns zu reiten, das die Sterne ihr zuführten. Das war ihrer beider Schicksal, besiegelt von den Gestirnen! Ja, Junge! So eine Verbindung ist selten und kostbar. Also, hör stets auf die Sterne! Sie leuchten dir den Weg!“

„Rupert-Rasputius? Alles in Ordnung?!"

Die Stimme von Doktor Ennimell reißt Rupi aus seinen Erinnerungen. Verdattert schüttelt er seine schneeweiße Mähne. Dann blickt er noch mal hinauf zu den Sternen und blinzelt. Kann das sein? Ist das seine Bestimmung? Ist deshalb sein Horn abgebrochen, damit er hierher findet? Nach Trippelwick? Zu seinem Traummädchen? *Seiner Ausnahme?*

Ein Gefühl unglaublicher Erleichterung überrollt ihn. Endlich macht alles Sinn! Er, Rupert-Rasputius, ist nicht das Keinhorn! Er ist das Einhorn mit dem Traumädchen! Und er wird alles für sie tun!

Deshalb sagt er jetzt zum Tierarzt: „Hören Sie! Ich mach das nur ein Mal, aber … steigen Sie auf. Ein Freund braucht Hilfe!"

Doktor Ennimell sieht Rupi misstrauisch an. „Äh … bist du ganz sicher?"

„Los geht's!", knurrt das Einhorn.

Hastig schultert der Tierarzt seine Tasche und klettert wie befohlen auf Rupis Rücken.

Der macht einen Satz über die Rosen – und ist

mit dem zweiten Sprung schon über den Zaun hinweg und auf dem Schleichweg.

„Halten Sie sich an meiner Mähne fest", ruft er dem bibbernden Tierarzt zu. „Aber reißen Sie mir ja keine Strähne aus, hören Sie?"

Tille träumt

Während Tille immer noch wie angewurzelt dasteht und auf die Dachöffnung starrt, laufen Annie, Frida und Dana zu Fliederfloh, der ächzend im Stroh liegt. Die anderen Ponys stehen alle besorgt um ihn herum.

„Mein Bauch!“, jammert er.

„Du musst aufstehen“, sagt Dana energisch und schnappt Fliederfloh am Halfter. „Du darfst nicht liegen!“

„Stimmt“, sagt Frida. „Unser Schorsch zu Hause hatte auch mal eine Kolik. Bewegung ist das Wichtigste!“

„Genau“, sagt Annie, die Miss Haflingers Worte noch überdeutlich im Ohr hat. *Das Pony darf sich bei einer Kolik niemals wälzen, das ist lebensgefährlich*. Sie stemmt sich gegen Fliederflohs Hinterteil. Dana zieht vorne und Frida in der Mitte. Zu dritt versuchen sie, Fliederfloh auf die Beine zu kriegen.

Ein Glück, dass er so klein ist. Als er endlich auf wackeligen Hufen steht, stammelt er: „Ich … kann … aber … nicht … gehen … es … tut … so … weh!“

Besorgt blickt Annie zu Tille. „Du musst ihn überzeugen! Nur du kannst das!“

Endlich begreift Tille, wie ernst die Lage ist. Sie geht zu Fliederfloh und streichelt ihm beruhigend über den Kopf.

„Nur einen Schritt. Tu’s für mich“, sagt sie zärtlich.

Fliederfloh fängt vor Schmerzen an zu zittern, aber er schafft es. Erst einen Schritt, dann noch einen. Tille geht mit ihm und feuert ihn an. So legen sie eine halbe Runde im Ponystall zurück, bis es über ihnen plötzlich rauscht und funkelt.

Es ist Rupi, der wieder durch das Stallfenster gesprungen kommt. Annie staunt nicht schlecht: Tierarzt Ennimell sitzt auf seinem Rücken! Sie merkt, wie Tille bei dem Anblick zusammenzuckt. Kein Wunder, immerhin scheint der Tierarzt auf Rupi reiten zu dürfen, im Gegensatz zu ihr.

Wie benommen rutscht Doktor Ennimell von Rupis Rücken und torkelt auf Fliederfloh zu.

„Was ist denn mit dem los?“, wundert sich Annie.

Henry schnaubt neben ihr. „Rupi war wohl ein bisschen zu schnell für ihn, so käsig, wie der aussieht.“

Zum Glück fängt sich der Tierarzt schnell. Er untersucht Fliederfloh und gibt ihm eine Spritze.

„Jetzt müsste es gleich besser werden“, meint er dann und tätschelt dem armen Miniklops das klatschnasse Fell.

„Können wir irgendwie helfen?“, fragt Annie besorgt.

Der Tierarzt nickt. „Er müsste mit Stroh trocken gerubbelt werden. Würde das jemand von euch übernehmen?“

Sofort ist Tille zur Stelle. Auch Annie, Frida und Dana helfen mit.

Dankbar lässt sich der Tierarzt ins Stroh plumpsen und lehnt sich gegen die Holzwand.

„Rupert-Rasputius! Gut, dass du mich geholt hast. Hätte Fliederfloh nicht so rasch Hilfe bekommen, hätte das schlimm ausgehen können. Trotzdem will ich nie wieder auf dir reiten, hörst du? So schlecht war mir im Leben noch nicht …“ Er hält sich den Bauch.

„Vielleicht brauchen Sie ja auch so eine Spritze“, nuschelt Fliederfloh unter seiner Wuschelmähne. Er klingt schon wieder wie immer. Na ja, nicht ganz. Aber die Medizin wirkt schon. Das Shetlandpony sieht gleich viel munterer aus.

Alle lachen erleichtert auf. Nur Tille fängt plötzlich zu weinen an.

„Was ist denn jetzt los? Freust du dich gar nicht, dass es mir besser geht?“, krächzt Fliederfloh verdattert.

Tilles Stimme bebt, als sie sagt: „Ich habe alles falsch gemacht. Weil ich so gern ein Einhorn zum Gefährten haben wollte.“ Sie kniet sich runter zu Fliederfloh und wirft sich ihm an den Hals. „Es tut mir so leid! Das wäre alles nicht passiert, wenn ich dich nicht so gestresst hätte, stimmt's? Ich bin die schlechteste Gefährtin von ganz Trippelwick. Ich hätte besser auf dich aufpassen müssen.“

Der Miniklops schüttelt seine Wuschelmähne. „Das mit dem Zauberzucker war ganz allein meine Idee. Im Grunde genommen hat niemand von uns beiden Schuld. Wir sind eben, wie wir sind. Du bist verpeilt, und ich bin verfressen … das ist nun mal so. Und auch wenn wir uns mögen, wird zwischen uns beiden nie eine echte Gefährtenschaft entstehen. Dafür sind wir einfach zu verschieden.“ Fliederfloh grinst schief. „Das ist die Wahrheit, so sieht's aus, Mädchen.“

Tille schnieft. „Ja, ich glaube auch, dass aus mir nie eine Ponyflüsterin werden wird … ich bin wohl wirklich ein Mopf“, murmelt sie und wischt sich die Tränen aus dem Gesicht.

Alle im Ponystall blicken betreten zu Boden. Sogar der Tierarzt.

Nur Rupi, der bis jetzt stumm in einer Ecke gestanden hat, knurrt schüchtern: „Vielleicht liegt das ja daran, dass du eine Einhornflüsterin bist?"

„Schön wär's", seufzt Tille. „Aber du kennst ja das oberste Einhorngesetz … und Reiten gehört in Trippelwick nun mal dazu."

Da kriegt Rupi ganz große Augen. „Ach, wenn es nur das ist?! Mir war da ein bisschen was von dem entfallen, was Robia-Ranunkula gesagt hat. Es gibt nämlich doch ab und zu Ausnahmen, ganz selten bloß … und ich glaube, du bist so eine!"

„Wirklich?!" Tilles Augen werden genauso groß. Und noch größer, als Rupi die Einhornlegende von dem Traummädchen erzählt. Alle hören ihm gebannt zu.

„Heiliges Einhorn!", stammelt Tille dann. „Du meinst also, ich bin ein Traummädchen? Deshalb bin ich so … anders? Und das ist wirklich alles kein Witz? Kann mich bitte mal jemand kneifen? Nur zur Sicherheit? Sonst heißt es wieder, die *Einhorn-Trulla* träumt bloß rum …"

Sofort zwickt Fliederfloh sie in den Po.

Tille japst auf. „Danke, das hab ich gebraucht!“ Lachend knuddelt sie zuerst Fliederfloh, dann stürmt sie auf Rupi zu und fällt ihm ebenfalls um den Hals. „Ich hab doch gewusst, dass meine Träume irgendwann wahr werden“, haucht sie überglücklich.

Als Annie die beiden so miteinander sieht, schüttelt sie verdattert ihre Ringellocken.

„Ja, unglaublich, oder?“, flüstert Henry neben ihr, der wieder mal ihre Gedanken gelesen hat. „Damit hat echt niemand gerechnet. Tilles Träume stimmen! Na ja, dieser eine zumindest.“

„Wenn das kein Grund zum Feiern ist“, ruft der Tierarzt und kramt ein paar Brokkolistücke aus seiner Kitteltasche. Er hält sie den Ponys feierlich hin. „Greift ruhig zu! Es ist genug für alle da!“

Doch die Ponys verziehen angewidert die Nüstern. Besonders Henry. Der kann Brokkoli genauso wenig leiden wie Annie.

Auch Fliederfloh wirkt nicht gerade glücklich.

„Igitt! Davon krieg ich ja glatt noch eine Kolik", brummelt er.

Doktor Ennimell seufzt. „Aber die sind nun mal gesund."

„Gesund?", sagt Tille verträumt und kramt aus ihrer Jackentasche eine Popflitüte. „Da habe ich noch was anderes für dich: Windmurmeln!"

Windmurmeln für alle

Neugierig starrt Fliederfloh auf die Popflitüte in Tilles Hand. „Windmurmeln?“, nuschelt er und schnuppert daran. „Kann man die fressen?!“

Der Tierarzt räuspert sich. „Darf ich an dieser Stelle an meine Liste erinnern? Nur die Dinge, die daraufstehen, sind für Fliederfloh erlaubt!“

„Mensch, Tille! Sag bloß, du hast das schon wieder vergessen?“, stöhnt Annie.

„Fliederfloh hatte grade eine Kolik, und du willst ihm schon wieder Popflis geben?“, schaltet sich auch Frida ein.

Und Dana sagt empört: „Damit hat doch alles erst angefangen?!“

Tille ist wirklich so was von ein Traummädchen. In Zukunft werden sie noch mehr auf sie aufpassen müssen, denkt Annie und sieht ihre Freundin besorgt an.

Doch Tille winkt ab. „Ach, macht euch keine

Sorgen!“ Sie grinst breit. „Die sind wirklich gesund!“

„Ehrlich?“ Fliederfloh blickt misstrauisch auf die Tüte. „Aber die riechen so lecker …“

„Das will ich auch hoffen“, trällert sie. „Ich habe mich dafür voll ins Zeug gelegt.“ Sie holt eine Handvoll Kugeln aus der Tüte. Die Windmurmeln sind wirklich in etwa so groß wie Murmeln und schimmern genauso. Doch im Gegensatz zu echten Murmeln sehen die hier luftig leicht aus. „Ich war doch neulich bei Herrn Kramer zum Helfen, wisst ihr noch? Da hab ich ihn gefragt, ob ich Spezial-Popflis für Fliederfloh machen darf. Nur aus Zutaten von der Liste.“

„So was kannst du?“, fragt Dana und starrt erstaunt auf die hübschen fliederfarbenen Popflis.

Tille zuckt mit den Schultern.

„Meine Eltern besitzen eine Bio-Bäckerei. Außerdem hat mir Herr Kramer ja auch geholfen. Er war von dem Ergebnis so begeistert, dass er die Windmurmeln ab sofort ins Sortiment aufnehmen will.“ Stolz hält sie Fliederfloh ein Popfli hin. „Da sind Fliederbeer-Crispies drin. Und die hauchdünne Hülle habe ich aus Heufasern gemacht, die ich vorher in Honigkrautsud getunkt habe. Dann kommen die Windmurmeln für drei Stunden in den Ofen zum Trocknen, und schon zergehen sie auf der Zunge. Alles garantiert ohne Zucker und Getreide! Probier mal!"

Fliederfloh guckt unsicher zum Tierarzt.

„Von mir aus", seufzt der. „Wenn die wirklich so gesund sind, wie Tille behauptet, sehe ich keine Einwände."

Annie staunt. Für Fliederfloh gesunde Popflis zu machen ist richtig aufmerksam von Tille. Das hat sie ihr gar nicht zugetraut. Vermutlich ist es genauso, wie Fliederfloh gesagt hat: Sie sind Freunde, aber eben keine Gefährten. Und das ist völlig in Ordnung. Zumindest jetzt, wo Tille Rupi hat.

„Und?", fragt Henry neugierig, als Fliederfloh die Windmurmel verdrückt.

Der Miniklops schließt die Augen. Dann kräht er: „Meeehr!"

Jetzt wollen auch alle anderen Ponys probieren. Tille verteilt die Windmurmeln unter ihnen und lächelt so glücklich und selig wie schon lange nicht mehr. Annie ist richtig stolz auf sie.

Sogar Rupi schleicht sich von hinten heran und fragt: „Darf ich denn vielleicht auch so eine haben?“

Fliederfloh stupst das Einhorn kumpelhaft in die Seite. „Du kriegst sogar zwei! Immerhin hast du mir heute ziemlich aus der Ponypatsche geholfen!“

Verlegen lutscht Rupi an einer Windmurmel.

„In Trippelwick gehen wir eben durch dünn und dick, nicht wahr?“, nuschelt er.

„Genau“, wiehern alle Ponys. „Ab jetzt bist du einer von uns!“

Da beginnt Rupis Fell vor Glück glatt ein

bisschen zu schimmern. Dann aber knurrt er rasch: „Du, hör mal, Fliederfloh. Ich wollte dir Tille nicht einfach wegnehmen …“

Der Miniklops grinst unter seiner Wuschelmähne.

„Darüber wollte ich ohnehin mit dir reden. Ich habe nämlich eine Idee. Ich könnte doch ab jetzt dein Lehrer sein, was hältst du davon? Du wirst weit und breit niemanden finden, der mehr Tricks auf Lager hat. Ich bringe dich locker durch die Prüfung!“

„Prüfung?“, fragen Annie, Frida, Tille und Dana im Chor. „Es gibt eine Prüfung für Gefährtenponys?“

Fliederfloh nickt. „Klar! Aber keine Sorge. Die schafft Rupi mit links, wenn ich ihn erst mal unter die Ponyfittiche nehme.“

„Und das wäre wirklich in Ordnung für dich?“, fragt Annie. Immerhin war Fliederfloh noch vor Kurzem richtig eifersüchtig.

Das Shetlandpony zwinkert ihr zu. „So kommen zwei zusammen, die zusammengehören. Das macht wahre Gefährtenschaft aus. Obendrein klingt *Professor Fliederfloh* richtig gut, findet ihr nicht?“

Alle lachen. Sogar Rupi. Das klingt richtig knorrig.

Plötzlich geht hinter ihnen das Tor auf. Die Morgensonne strahlt herein und lässt sie alle blinzeln.

„Aufstehen! Fütterungszeit“, bellt Stallmeister Dorn und bleibt verdattert stehen, als er Annie, Frida, Tille und Dana zwischen ihren Gefährtenponys entdeckt. „Was tut ihr denn hier?“ Er scheint kurz zu überlegen, dann reibt er sich mit einem fiesen Grinsen die Hände. „Ach so, ihr wollt mir helfen! Dann schnell ran an die Mistgabeln, werte Damen …“ Da erst entdeckt er den Tierarzt, der immer noch im Stroh liegt. „Hä? Und was führt Sie hierher? Wollen Sie etwa auch ausmisten?“

„Guten Morgen“, sagt Doktor Ennimell und rappelt sich mühsam auf. „Mir ist mehr nach einem Kaffee. Vielleicht ist Emily ja so nett und macht mir einen.“ Er schwankt auf den Ausgang zu.

Verdutzt blickt Rupi ihm hinterher. „Wer ist Emily?“, fragt er.

Annie kichert. „Bestimmt Miss Nelson."

„Heiliges Einhorn!", haucht Tille. „Wenn die beiden mal heiraten und sie seinen Namen annimmt, heißt die Nelson *Emily Ennimell*. Der arme Doktor! Wo er doch Zungenbrecher nicht leiden kann."

Professor Fliederfloh

„Krass, wie schnell Rupi sich eingelebt hat", staunt Frida.

Annies beste Freundin hockt neben ihr auf dem Zaun am Springplatz. Auch ihre Gefährtenponys haben es sich gemütlich gemacht. Neugierig sehen sie Tille und Rupi dabei zu, wie die beiden über den Platz traben. In der Mitte steht Fliederfloh und gibt ihnen Tipps. Mirrora und Dana reiten voraus, Tille und Rupi hinterher.

Annies Ringellocken wippen, als sie kichert: „Ja, wenn Fliederfloh so weitermacht, ist er bald strenger als Madam Balleria."

„Aber Mirrora macht ihre Sache auch gut, findet ihr nicht?", wiehert Sturmtanz. „Von ihr kann Rupi viel lernen, was das Reiten angeht. Und ich habe ihm auch schon geholfen!" Sie reckt stolz ihren hübschen Kopf. „Ich habe ihm *die Ecken* in Trippelwick gezeigt. Ihr wisst schon, welche ich

meine. Die, die einen immer so hibbelig machen … also, die eine Ecke in der Halle, wo es so dunkel ist, und die dort vorne am Dressurviereck, wo die Fahnen so flattern …"

„Nö", sagt Henry und schüttelt seine Silbermähne. „Keine Ahnung, wovon du redest."

Annie unterdrückt ein Lachen. Ihr Henry hat eben ein mutiges Herz! Von schummrigen Ecken lässt er sich nicht aus der Ruhe bringen. Aber auch er hat Rupi schon geholfen. Gestern hat Annie durch das Ponytelefon belauscht, wie die beiden abends miteinander getuschelt haben. Henry hat Rupi erklärt, wie man am besten auf seinen Gefährten aufpasst: indem man immer auf sein Herz hört. Und auf das Herz des Gefährten! Ziemlich süß war das, und deshalb kuschelt sich Annie jetzt in sein schönes schwarzes Fell. Ihr Gefährte ist eben das beste Pony der Welt!

Henry scheint ihre Gedanken zu spüren und schnaubt zufrieden.

„Was meint ihr?“, fragt Frida. „Wann wird die Prüfung stattfinden?“

„Ich schätze, schon bald“, antwortet Sturmtanz. „Gestern habe ich beobachtet, wie sich die Lehrerpferde beratschlagt haben.“

„Ist sie denn sehr schwierig, diese Prüfung?“, will Annie wissen.

Henry schüttelt den Kopf. „Eigentlich nicht. Aber Rupi ist immer noch ein Einhorn und kein Pony. Da kann es schon sein, dass ihm manche Dinge schwerer fallen.“

Als hätten die beiden das gehört, macht Rupi prompt einen riesigen Satz. Tille wirft das nicht aus der Bahn – ganz im Gegenteil.

„Jipieee!“, trällert sie, und ihre Feenhaare wehen im Wind. „Wir fliegen!“

„Hoffentlich nicht in den Sand“, wiehert Mirrora. „Das ist nicht Dressur, was ihr da macht, das wisst ihr schon, oder?“

„Aber in Posei werden die beiden unschlagbar sein“, ruft Fliederfloh und grinst mit stolzgeschwellter Brust. „Kein Wunder, bei diesem Lehrer!“

Das Gefährteneinhorn

Sturmtanz hatte recht! Schon am nächsten Wochenende ist es so weit: Rupi muss zur Gefährtenponyprüfung antreten. Tille ist nervös wie noch nie! Sie rührt beim Frühstück nicht mal Frau Semmelbrots Hufeisenwaffeln an.

Annie, Frida und Dana haben alle Hände voll damit zu tun, sie halbwegs zu beruhigen. Am Ende hilft nur Professor Zens Eselsweisheit. Er blickt ihr lange in die Augen und sagt mit sanfter Stimme: „Genieeeeße die Wieeese! Genieeeeße die Wieeese! Genieeeeße die Wieeese!"

Daraufhin fängt Tille sogar an zu gähnen. Bevor sie ihnen noch am Frühstückstisch einschläft, brechen die Mädchen lieber auf. Der Ponydirektor hat ihnen nämlich erlaubt, bei der Prüfung zuzusehen.

Rupi muss mehrere Stationen meistern. Jeder Lehrer hat sich etwas Besonderes für ihn ausgedacht. Bei Miss Haflinger muss er ganz still stehen, während sie ihm die Hufe einölt. Das ist einfach. Denn obwohl Rupi manchmal noch immer wild ist, liebt er es, gestriegelt und gebürstet zu werden.

„Mein Fell ist eben weiß. Das braucht besondere Pflege“, nuschelt er.

Auch die Prüfung bei Mister Appaloosa ist ein Kinderspiel. Den Hindernisparcours, den der Sportlehrer für ihn aufgebaut hat, schafft Rupi im Nu.

Weiter geht es zu Mister Mungumu in die Bibliothek. Im Wintergarten quatschen die beiden etwas Einhornisch, wobei Mister Mungumus Einhornvokabeln wohl etwas eingerostet sind. Rupi muss den Sprachenlehrer mehrmals korrigieren. Doch der findet das nicht weiter schlimm. Am Ende der Prüfung quiekt das Zebra: „Zenzazionell! Rupert-Razpuzius, du kriegzt eine Einz pluz! Bei Gelegenheit kannzt du mir ja mal Nachhilfe geben. Daz wäre zuper!“

Nach der Mittagspause geht es in die Reithalle. Madam Balleria und Springlehrer Tschamp sagen Rupi verschiedene Hufschlagfiguren an. Einmal verwechselt er eine Kehrtvolte mit einer kleinen

Volte, doch sonst klappt alles prima.

Nur bei Professor Zen hakt es. Als Rupi zappelig auf der Glühwürmchenlichtung hin und her springt, obwohl er eigentlich auf sein Einhornherz hören soll, mahnt der alte Esel: „Pennen statt Rennen – das ist wahre Eselsophie! Halt die Hufe still, sonst wird das nichts!"

Sogar das schafft Rupi schließlich.

Endlich kommt abends der Höhepunkt, auf den alle gewartet haben. Dazu haben sich die Schüler schon in der Eingangshalle versammelt. Die großen Kerzenleuchter erhellen die Wände. Der Schuldirektor hat zur Feier des Tages nicht nur seinen Zylinder aufgesetzt, sondern sich auch von Frau Semmelbrot eine Fliege in den Farben von Trippelwick umbinden lassen. Alle Lehrer sind da, alle Ponys und natürlich Annie und ihre Freundinnen. Gespannt sehen sie zu, wie Archibald Hillbatten vor das Ölgemälde von der Gräfin Trippelwick und Teddy Wiggelbi tritt.

„Weißt du, wer die beiden sind?", will der Schuldirektor von Rupi wissen.

„Die Gründer der Schule. Mit ihren Pferden

Tamilo und Wandala“, antwortet Rupi wie aus der Pistole geschossen.

Archibald Hillbatten schmunzelt. „*Professor Fliederfloh* hat ganze Arbeit geleistet, wie ich sehe. Weißt du auch, welche Hürden die beiden auf sich nehmen mussten, um die Schule zu gründen?“

„Klar“, sagt Rupi lässig. „Sie wurden von den Menschen für dumm verkauft, aber sie sind trotzdem nie vom Kurs abgekommen. Jedem Pferd, das in Not war, haben sie Hilfe angeboten, auch wenn sie dabei ihr Leben riskierten. Einmal sind sie sogar bis Jogland geritten, um einer Herde Wildpferde beizustehen. Der Ritt hat vier ganze Tage gedauert. Steht alles im Buch."

Archibald Hillbatten blinzelt irritiert, ehe er fortfährt: „Dann ist dir auch bewusst, wie wichtig deine zukünftige Aufgabe als Gefährtenpony ist? Dass wir uns in Trippelwick auf die Fahne schreiben, ihr Erbe mit Achtung und Respekt weiterzuführen?"

„Gefährteneinhorn, wenn ich bitten darf", knurrt Rupi.

„Natürlich", beschwichtigt der Schuldirektor. „Also, bist du bereit für den Gefährten-Schwur?"

Annie merkt, wie Tille neben ihr die Luft anhält. Als Rupi nickt, seufzt sie erleichtert. Alle lauschen gespannt Rupis knorriger Stimme, die durch die Halle klingt:

„Im Kreis meiner Herde unter Kerzenschein
gelobe ich feierlich, ein Gefährteneinhorn zu sein.
Ich verspreche, den Unterricht nie zu verpennen,

und nicht auf den Schulgängen zu misten und
zu rennen.
Ich begleite meinen Gefährten durch dünn und
dick
und bewahre das Geheimnis von Trippelwick."

Tosender Applaus bricht aus, als Rupi den Schwur zu Ende gesprochen hat. Dann stürmen Tille und Fliederfloh auch schon auf ihn zu und gratulieren ihm. Frau Semmelbrot rollt fröhlich mit einem Servierwagen an, auf dem eine siebenstöckige Einhorntorte thront. Sie ist aus Äpfeln und Rübenschnitzen gemacht und mit unzähligen fliederfarbenen Windmurmeln garniert.

Hungrig stürzen sich die Ponys auf die Torte. Rupi kriegt das größte Stück und Fliederfloh alle Windmurmeln.

Als sie danach gemütlich beisammenstehen, kommt der Schuldirektor zu ihnen herübergetrabt.

„Was ich noch fragen wollte", sagt er und blickt neugierig zu Rupi hoch. „Wie hast du das vorhin gemeint, dass alles im Buch steht? Ich kenne viele

Bücher, aber keines, das so detailliert von Teddy Wiggelbi und der Gräfin Trippelwick berichtet. Von welchem Buch hast du da also gesprochen?“

Rupi nickt mit seinem schneeweißen Kopf zum Ölgemälde hinauf.

„Na, von dem, das Teddy Wiggelbi dort unter den Arm geklemmt hat.“

Der Schuldirektor zwinkert verdattert unter seinem Zylinder.

„Willst du damit sagen … Heißt das, du weißt, wo dieses Buch ist?“, wiehert er dann aufgeregt. „Das von Teddy Wiggelbi: *Quatschen mit Pferden*?! Es gibt davon nur ein Exemplar, und das ist seit 200 Jahren verschollen!“

„Gar nicht“, knurrt Rupi. „Es ist auf der Flüsterinsel. In dem alten Haus unter einem Stein. Hab’s dort gefunden und darin gelesen, als mir langweilig war."

„Im Ernst?", haucht Annie beeindruckt.

„Oh, du bist ein echter Superheld", flötet Mirrora und klatscht Rupi vor Freude einen dicken Schmatzer auf die Nüstern.

„He, das ist *mein* Superheld", sagt Tille eifersüchtig und kuschelt sich ebenfalls an Rupi.

Der wird ganz rot unter dem Fell bei so viel Aufmerksamkeit und stammelt: „Ich kann es ja schnell holen … also, wenn das so eine große Sache ist … sind ja bloß 'n paar Einhornsprünge …"

Archibald Hillbatten strahlt unter seinem Zylinder.

„Ponytastisch!", jubelt er.

Türkis und Silber

„Hallöchen Rupi, du altes Haus! Wie geht's? Alles fit unter den Hufen?"

Annie wollte den freien Sonntag eigentlich für ein paar ruhige Posei-Runden mit ihren Freundinnen auf dem Springplatz nutzen. Doch von Ruhe ist keine Spur. Vorhin waren Marie und Flora da, die Rupi über das Seil springen sehen wollten. Danach kam Springlehrer Tschamp, der sich für Rupis Hinterbeintechnik interessierte. Und jetzt dackeln glatt auch noch Pepper und Roni an.

Die beiden Gefährtenponys der Marmorkuchenjungs linsen keck unter ihrer Mähne hervor. Pablo und Niklas reiten ohne Sattel und ohne Zaumzeug auf ihnen und tragen ein breites Grinsen im Gesicht.

„Die führen wieder was im Schilde, wetten?", stöhnt Dana und baut sich mit Mirrora vor ihnen auf. „Habt ihr heute kein Pofu-Training, oder wollt ihr etwa lieber mit uns Posei spielen? Ich möchte euch aber daran erinnern, dass ihr das letzte Mal haushoch verloren habt."

„Ja, ihr seid halt einfach unschlagbar für uns", sagt Pablo mit zuckersüßer Stimme. „Und Posei ist ganz schön hart!"

„Echt?", wundert sich Annie. „Ich dachte, ihr findet es voll mädchenhaft?"

Niklas räuspert sich. „Ach, das haben wir doch nie so gesagt. Das habt ihr nur falsch verstanden."

„Klar", sagt Annie und lacht. „Was sonst!"

„Und dass ich ein Keinhorn bin? Habe ich das auch falsch verstanden?", knurrt Rupi. Wie es scheint, nimmt er den beiden Huzulenponys noch immer übel, dass sie ihn auf der Flüsterinsel so genannt haben.

Pepper und Roni werfen sich einen vielsagenden Blick zu.

„Total falsch verstanden! Du bist ein Superheld. Das weiß doch jeder!"

„Genau, und deshalb wollten wir auch mit dir reden", rückt Pablo endlich heraus.

„Ja, weil Superhelden doch fliegen können",

erklärt Niklas, „und deshalb bestimmt voll super Tore schießen …“

„Ah, darum geht's!“ Henry lacht. „Ihr wollt Rupi in euer Team holen, stimmt's?“

Pepper, Roni und die Marmorkuchenjungs nicken wie auf Kommando.

„Und was ist mit mir?“, ruft Tille empört. „Uns zwei gibt es nur im Doppelpack! Das ist euch schon klar, oder?“

Pablo und Niklas seufzen. „Aber sicher! Und deshalb freuen wir uns schon toootal darauf, dich ins Team aufzunehmen, Tille. Wir können es kaum erwarten.“

„Wirklich?“, trällert Annies Freundin freudig und lenkt Rupi auf die beiden Jungs zu. „Heiliges Einhorn! Jetzt werde ich glatt noch Pofu-Spielerin. Wer hätte das gedacht?! Das türkisfarbene Zimmer vereint sich mit dem Silberzimmer. Wie einhornisch ist das denn?“ Sie strahlt die Jungs so begeistert an, dass Pablo und Niklas vor Schreck zusammenzucken.

Annie prustet los. Dass ausgerechnet Tille es in ein Pofu-Team schafft, damit hat wirklich niemand gerechnet. Am wenigsten Tille selbst. Und deshalb ruft sie jetzt beschwingt: „Also, mir ist zum Feiern zumute! Euch auch? Wir könnten doch in die Heu…"

„Tille!", kreischen Annie, Frida und Dana bestürzt.

Ihre Freundin blinzelt verdattert. „Nicht? Habt ihr keine Lust?"

Pablo und Niklas gucken misstrauisch in die Runde. „Hä? Ihr geht zum Feiern ins Heulager?"

„Ja, da ist es so gemütlich", sagt Frida schnell.

„Wir zählen nämlich gern Heuballen", meint Dana.

„Das ist so lustig", bekräftigt Annie.

Die Marmorkuchenjungs ziehen die Augenbrauchen hoch. „Okaaay", murmeln sie. „Dann feiert mal schön! Wir haben noch was … ähm … *anderes* vor." Hastig traben sie mit Pepper und Roni davon.

Als sie hinter der Reithalle verschwinden, seufzt Annie: „Puh! Das war knapp! Tille, du hättest den beiden beinahe unsere Heuhöhle verraten. Die ist streng geheim, schon vergessen?!"

„Igitt! Das würde grade noch fehlen, dass die

dort ständig herumlungern", stöhnt Dana. „Dann hätten wir ja überhaupt keine Ruhe mehr vor ihnen."

„Genau. Die Heuhöhle bleibt jungsfreie Zone", meint Frida.

„Tut mir leid", murmelt Tille. „Ich dachte bloß … wo wir doch jetzt alle …"

„Niemals!", rufen Annie, Frida und Dana im Chor. „Die Heuhöhle ist nur für uns Mädchen!"

„Okay", piepst sie. „Hab's verstanden!"

Mirrora schüttelt verständnislos ihre lackschwarze Mähne. „Also, ich weiß gar nicht, was ihr habt", wiehert sie und blinzelt verträumt zu Rupi. So sieht sie ein bisschen wie Tille aus. Oder wie Miss Nelson, wenn sie ihren *Ferdy* sieht. Erst recht, als sie trällert: „Jungs sind doch total toll!"

Findest du die Ponyschule Trippelwick
auch ponytastisch?

Dann verpasse nicht das dritte Abenteuer!

Ponyschule Trippelwick

Schiefer die Ponys nie singen

Trippelwick auf einen Blick
Heulager
Paddock
Ponystall
Pferdestall
Reitplatz
Lehrerstall
Reithalle
Koppeln und
Weiden
Springplatz
Prof. Zen's
Waldpavillon
Glühwürmchen-
lichtung